La Cour Plénière,

HÉROI-TRAGI-COMÉDIE,

EN TROIS ACTES ET EN PROSE;

JOUÉE le 14 Juillet 1788,

Par une Société d'Amateurs, dans un Château aux environs de Versailles.

Par M. l'Abbé DE . . . . . .

. . . . . La chétive pécore
s'enfla si bien qu'elle créva.
LA FONTAINE.

A PARIS.

1788.

AVIS DES EDITEURS.

L'AUTEUR de cet Ouvrage ne l'avoit pas d'abord destiné pour l'impression.

Enchanté d'avoir réussi à mettre sur le grand théatre de l'administration ministérielle, des Personnages dont il connoissoit parfaitement les mœurs, le langage & le caractere, il s'est amusé à faire répéter sur un petit théatre d'appartement & pour le plaisir de quelques personnes de distinction, la préparation des scenes qu'ils exécutent devant le public. (1)

Son amour propre a joui d'un nouveau triomphe. Ses talents littéraires n'ont pas eu de moindres succès que ses talents politiques.

Le hazard nous ayant procuré la connoissance de ce petit chef-d'œuvre dramatique, nous avons tant fait, par nos éloges, par la perspective de gloire que nous avons présentée au merveilleux Abbé, qu'il n'a pu résister à

(1) Cette Piece a été réellement jouée dans un château voisin de Versailles. Plusieurs personnes de la premiere qualité ont assisté à la représentation. Le jeu de la scene a été si vrai, & l'illusion si complette, qu'on a vu, à différentes reprises, les spectateurs oubliant qu'ils assistoient à une Comédie, & par un quiproquo qui fait l'éloge de l'Ouvrage, siffler les Acteurs qui représentoient Messeigneurs de Sens & de Lamoignon, en croyant siffler les originaux; puis se réveiller comme d'un songe, se regarder, rire de leur méprise, & faire retentir la salle, d'applaudissements.... Quel triomphe pour un Auteur.

nos instances, & que nous en avons obtenu la permission de livrer au grand jour cette précieuse production, & même de la livrer sous son nom.

Comme ce n'a pas été sans peine, que nous avons déterminé le modeste Auteur à nous confier sa Piece; le temps s'est écoulé, & quelques-uns des événements, dont il y est fait mention, se sont éloignés. Il est vrai aussi que la catastrophe s'est approchée, & qu'à la rigueur, il y a, à tout prendre, une sorte de compensation; mais toujours, le Lecteur se tiendra pour averti, afin qu'il n'aille pas nous faire quelques misérables chicanes qui, maintenant, n'auront point d'excuse.

Dans le présent que nous faisons à nos contemporains, nous n'avons d'autre but que celui de plaire & de les instruire; & nous sommes tellement persuadés que nous l'avons rempli, que nous comptons sur la reconnoissance universelle.

Les Acteurs même qui occupent la scene, ne nous sauront pas mauvais gré de la publication de ce Drame: ils conviendront tous que ce qu'on appelle la partie des mœurs, est supérieurement traitée, que le dialogue est d'une vérité rare; car l'étonnant Ecrivain nous a assuré, que ce n'étoit pas seulement ce que doivent dire, mais ce que disoient (1)

(1) Ce que nous avançons ici, nous dispense de prévenir le Lecteur sur quelques tournures de phrase,

en effet, ses héros, qu'il leur mettoit dans la bouche. Au fond, un portrait ressemblant a son mérite, & il est toujours agréable quand on nous fait penser, parler, agir; qu'on nous fasse penser, parler, agir, comme nous pensons, parlons & agissons réellement.

& certaines expressions où l'on méconnoîtrait le style du délicieux Abbé, telles que : *puant* Janséniste, *travailler* le Clergé, la *Robinaille*, *&c.*, *&c.* C'est ainsi que Molière, pour mieux faire reconnaitre le personnage qu'il *jouait* dans le Tartufe, empruntait jusqu'à son langage : c'est ainsi que l'adroit Abbé, à l'imitation de Molière, a su se procurer, par le moyen d'un Valet-de-Chambre du Garde des Sceaux, l'auguste simarre dont s'est affublé l'acteur qui a *joué* le personnage du grand Lamoignon.

PERSONNAGES.

L'ARCHEVÊQUE DE SENS, principal Miniſtre.
M. DE LAMOIGNON, Garde des Sceaux.
M. DE MAUPEOU, Chancelier.
Madame DE LAMOIGNON.
LA MARQUISE DE BRIENNE.
LE BARON DE BRETEUIL, Miniſtre.
LE COMTE DE MONTMORIN, Miniſtre.
LE Chevalier DE GUER, Député de la Bretagne.
Le Comte DE VIENNOIS, Député du Dauphiné.
Le Comte DE SABRAN, Député de Provence.
Le Chevalier DE MESPLESSES, Député du Béarn.
Madame d'ÉPRÈMESNIL, & ſes deux Filles.
ALBERT, Maître des Requêtes, Chef des Eſclaves.
PIÉPAPE, jadis Lieutenant-Général de Langres, Eſclave.
L'ABBÉ MAURI, l'un des Quarante de l'Académie Françoiſe, Eſclave.
L'ABBÉ MORELLET, l'un des Quarante de l'Académie Françoiſe, Eſclave.
BLONDEL, Secrétaire du Sceau, jadis Avocat, Eſclave.
TROUPES D'ESCLAVES, parmi leſquels on diſtingue DAGOULT, MONTGALAN, quelques Conſeillers d'État, Maîtres des Requêtes, Intendans, &c.

La Scène eſt à Verſailles.

LA COUR PLÉNIÉRE,

Héroï-Tragi-Comédie.

ACTE PREMIER.

SCÉNE PREMIÉRE.

LE PRINCIPAL MINISTRE,
LE GARDE DES SCEAUX,
ALBERT.

(Albert eſt devant un bureau avec des cartons & des papiers : il vient de faire lecture du projet d'Edit portant établiſſement d'une Cour plénière.)

LE PRINCIPAL MINISTRE.

Eh bien! Mons Albert, que dites-vous du projet ? N'eſt-il pas ſublime ?

ALBERT.

Monſeigneur, il eſt ſublime, digne du grand Miniſtre qui l'a conçu.

LE GARDE DES SCEAUX.

Digne de la Nation qu'il doit rendre heureuſe, & d'ailleurs, très-conforme aux loix fondamentales que je reſpecte; vous le ſavez bien.

ALBERT.

Et moi donc, Monſeigneur ?

LE PRINCIPAL MINISTRE.

Ha, ha! je m'en doutois, & moi auſſi, Meſſieurs; mais! faudroit-il y renoncer, ſi les loix étaient contraires ? & ces petites *ſcrupuleuſes*, n'eſt-il aucun moyen de les humaniſer ?

LE GARDE DES SCEAUX.

Suivant l'occasion... Voulez-vous que je parle avec franchise? je les compare à de vieilles prudes qui ne sont pas fâchées qu'on les viole quelquefois. (*Il rit.*)

ALBERT.

J'admire la gaieté de Monseigneur jusques dans les choses les plus graves.

LE PRINCIPAL MINISTRE.

Tenez: j'ai plus de franchise encore. Vos loix dont vous parlez beaucoup, vos loix fondamentales surtout que je cherche depuis que je suis au monde, & que je ne trouve pas, ne m'ont jamais paru qu'un épouvantail placé vis à-vis du trône, comme on en met au milieu des champs pour écarter les oiseaux. De loin il fait peur, de près c'est un haillon.

LE GARDE DES SCEAUX.

Ah! Monseigneur, lorsque je vous les livre, laissez-leur au moins leur valeur apparente. Comment diable! sans les loix, plus de Parlement, je le sais bien, mais aussi plus de Garde des Sceaux.

LE PRINCIPAL MINISTRE.

Et plus de Chancelier, Monsieur de Lamoignon. Mais aussi, sont-ce des loix qu'il nous faut dans la circonstance présente? Sont-ce des vieilles rubriques que vous nommez principes? Non, Messieurs; ce sont des idées qu'il nous faut, des idées nouvelles, & non pas des loix. Ma foi, je regrette encore l'ombre de respect que je suis forcé de conserver pour elles!

ALBERT.

L'ombre du respect!.. oserois-je demander à Monseigneur, si l'établissement de la Cour Plénière en est une preuve?

LE PRINCIPAL MINISTRE.

Comment! cela vous échappe, Mons Albert? Voyez quel est notre état actuel. La recette égale tous les ans la dépense,... moins 180 millions. Ce fou de Calonne, après avoir fait cent gambades assez heureuses

reuses, finit par une culbute mortelle : il assemble les Notables. Cette assemblée a fait un grand bien, je l'avoue, elle m'a fait Ministre principal; mais aussi quelle foule de maux! Ces notables si bien choisis, dont on était si sûr, ne s'avisent-ils pas de s'enflammer du zele national, de l'amour patriotique? Moi-même, j'étois alors le plus effronté citoyen!... Nous demandons des comptes : vainement on veut nous égarer avec des états imparfaits, infideles, contradictoires : le fameux déficit est deviné : Calonne est chassé : parvenu au point d'où il venoit de partir, je ne sais par quel prestige, j'ai vu les choses à-peu-près comme il les voyait. Plus fin cependant, je congédie bien vîte mes anciens confreres les Notables : je saisis, faute de mieux, les plans que je venais de dénigrer, & j'envoie le fameux Edit du Timbre au Parlement.

Ce Parlement enregistrait les impôts depuis cent-cinquante ans, j'ignore à quel titre: mais enfin cette petite coutume s'était établie pour la commodité de tout le monde; il était d'ailleurs si complaisant, si bon, qu'on ne songeait pas à lui contester sa plus belle prérogative. Au contraire, on se gardait bien de toucher à son ressort immense, parce qu'un seul enregistrement opprimait tout-d'un-coup vingt-deux Provinces. Qui diable s'y serait attendu? Voilà mes Robins qui rougissent, pour la premiere fois, qui font les difficiles, les hommes de bien, qui veulent imiter les Notables, qui demandent des Etats, des comptes, des éclaircissements.

J'insiste : alors ils perdent la tête : ils me font la plus étrange capucinade; ils déclarent qu'ils ont mal fait d'enregistrer jusqu'à présent; qu'ils n'en ont pas le pouvoir; qu'ils ne sont pas les représentants de la Nation; que la Nation seule a le droit de consentir les impôts; qu'il faut assembler les Etats-Généraux : enfin, toutes les billevesées que vous avez vues.

Je ne parle point de ma bonne contenance, du Lit-de-Justice, du Timbre enregistré, & de l'Impôt Territorial adjoint au Timbre : vous savez les raisons de cette adjonction; c'est la perfidie la plus adroite!... Voyez-vous comme déjà l'on reproche au

Parlement de n'avoir point enregiſtré l'Impôt Territorial, à cauſe de ſes exemptions perſonnelles? Voyez-vous comme on affecte de ne plus parler du Timbre qu'il a ſi bien eſquivé, & d'oublier ſur-tout, qu'au moment où l'Impôt Territorial lui fut préſenté, il venait d'abdiquer des pouvoirs qu'il eût été trop ridicule de reprendre?

Je ne parle pas non plus de ſon exil à Troyes, de ſon rappel forcé: j'en ai dit aſſez pour ſaiſir les réſultats de notre ſituation: d'un côté, néceſſité des Impôts; de l'autre, impoſſibilité de l'enregiſtrement. Dans cette criſe les petits eſprits ne voyaient qu'une reſſource, l'aſſemblée des Etats-Généraux; les eſprits forts en voyaient une autre, la banqueroute; moi, j'en voyais une troiſième, celle de m'affranchir d'une tutelle mépriſable, d'abolir cette vieille formule d'enregiſtrement, de déclarer, par un bel Edit, le Roi propriétaire de tous les biens de ſon Royaume, & de prendre tout ce qui ſerait à ma convenance.

Mais voici ce que j'appelle reſpecter encore les loix qui ne le méritent guère: déterminé à prendre, je préfère la manière la plus décente.

ALBERT.

Monſeigneur! le ſcrupule eſt exceſſif: il ſerait facile de prouver que tout appartient au Roi.

LE PRINCIPAL MINISTRE.

Eh bien! Monſieur, je ſuis ſcrupuleux. Je laiſſe au peuple une apparence de propriété: Je conſerve l'enregiſtrement, parce qu'à ſes yeux, cette momerie repréſente encore le conſentement de la Nation. Mais, moi, pour être entièrement libre, c'eſt de l'enregiſtrement lui-même que je m'empare; j'invente & je forme un Tribunal auquel je donne le nom impoſant de COUR PLÉNIÈRE, qui ſoit chargée d'enregiſtrer pour tout le Royaume, & dont tous les Membres ſoient autant d'automates qu'un coup de ſifflet agite & dirige à mon gré.

LE GARDE DES SCEAUX.

Et cette clauſe, d'ailleurs, par laquelle ils ſeront forcés d'enregiſtrer deux mois après la préſentation des Edits, quelles que ſoient dans l'intervalle la force & la juſtice de leurs Remontrances ; cette clauſe n'a-t-elle pas tout prévu ? Vous me la devez, Monſeigneur, & je la dois moi-même, je l'avoue avec reſpect, au couſin Maupeou. Le drôle s'en était douté ; mais toujours poltron, il n'en avait haſardée que les préliminaires : c'eſt juſtement l'article troiſième de ſon Edit du mois de Décembre 1770.

LE PRINCIPAL MINISTRE.

Oh ! pour les détails, je reconnais avec grand plaiſirs les bons ſecours que vous m'avez prêtés ; auſſi c'eſt choſe réſolue : nous partagerons l'honneur de la journée, n'eſt-il pas vrai ?

LE GARDE DES SCEAUX.

Et cette compoſition de la Cour Plénière, ne ſerait-elle pas, ſeule, un chef-d'œuvre de politique & d'équité tout enſemble ? Tous les grands Chambriers de Paris, appellés là pour allécher les autres, & pour me donner l'air de les careſſer, tandis que je les poignarde ; cette Grand'Chambre, dont la moitié eſt déjà ſubjuguée, & dont l'autre moitié, ſi elle rechigne, ſe trouvera tout-à-coup engloutie au milieu des conſeillers d'Etat, des Maîtres-des-Requêtes, des Parlémentaires de Provinces que je nommerai ; des Archevêques, des Evêques que vous nommerez ; des Gentilshommes, des Chevaliers des Ordres, des Gouverneurs & des Lieutenants-Généraux de Province que nous nommerons enſemble ; des Grands Officiers de la Maiſon du Roi qui.....

LE PRINCIPAL MINISTRE.

Oui, tout cela eſt fort bien combiné.

LE GARDE DES SCEAUX.

Et ne dirons-nous rien de mes ſuppreſſions & de mes grands Bailliages, qui vous vengent aſſez de la capucinade, & qui nous procure le triple avantage de contenter nos petites vengeances perſonnelles, de détourner l'attention publique de l'objet principal, du danger évident des propriétés, pour la porter ſur un nouvel ordre de juriſdiction qui doit plaire à la multitude; enfin, de tromper le Roi lui-même, intimement persuadé qu'il ne s'agit ici que d'une réforme dans l'administration de la justice, redoutée des Parlements, mais nécessaire à la félicité publique?

ALBERT.

Messeigneurs, je suis dans l'admiration! le bon homme Richelieu & l'imbécille Mazarin n'ont jamais été si loin : celui-ci fuyait devant les Parlements, l'autre se contentait de les mépriser.

LE GARDE DES SCEAUX.

Et nous les détruisons.... Je n'ai plus qu'un petit changement à proposer; & c'est la lecture de l'Edit, qui vient de m'en donner l'idée. Nous l'intitulons : Edit portant établissement d'une Cour Plénière; je voudrais mettre : *Rétablissement de la Cour Plénière*. Les nouveautés effarouchent toujours un peu. J'ai entendu dire que la France avait jadis une Cour Plénière, & ce ne serait pas une mal-adresse, ce me semble, d'annoncer notre constitution nouvelle, comme une résurrection, un rétablissement de l'ancienne constitution.

LE PRINCIPAL MINISTRE.

Non pas, s'il vous plaît, l'honneur de l'invention m'appartient, & je ne veux pas avoir l'air d'un homme qui, sans imagination, sans ressources, sans idées, se traîne sur les pas de ses devanciers.

LE GARDE DES SCEAUX.

Mais! ne sommes-nous pas d'accord, qu'entre nous deux, l'inventeur ne sera pas nommé?

LE PRINCIPAL MINISTRE.

Soit : mais tôt ou tard, il peut être connu; &, ne voulez-vous pas aussi faire imprimer à côté de notre Edit, le plan de la Cour Plénière, donné par Boynes, sous Louis XV?

ALBERT.

Monseigneur, daignez vous calmer; la proposition de Mgr. le Garde des Sceaux peut avoir quel-

que

que utilité, & elle est sans danger. Le petit peuple, en suivant la pente tracée, se croira bonnement ramené à l'ancien régime; les bons esprits, ceux dont le suffrage vous plaît sans doute, n'y seront pas trompés. Le Tribunal dont Mgr. le Garde des Sceaux a entendu parler (si la Cour Plénière fût jamais un Tribunal) n'était composé que des hauts Barons du Royaume. Ils y étaient appellés par leur naissance, & non par le choix du Ministre. En vérité votre Cour Plénière ne ressemble pas plus à celle de S. Louis, que vous ne ressemblez vous-même à l'Abbé Suger.

LE PRINCIPAL MINISTRE.

Ah, petit badin! vous serez Lieutenant-Civil, je le vois. Mettez donc *Rétablissement*, puisqu'il le faut; & sur-tout, insérez dans le préambule quelques lignes qui fassent valoir le sacrifice. [*La pendule sonne sept heures.*] Déjà sept heures! Allons, Monsieur Albert, il faut retourner à l'impression; nous n'avons pas un moment à perdre.

ALBERT.

Est-ce toujours pour Jeudi, Monseigneur?

LE PRINCIPAL MINISTRE.

Oui, sans doute.

ALBERT.

Je pensais que l'Arrêté de Samedi, pourrait déranger quelque chose.

LE PRINCIPAL MINISTRE.

Fi donc!

LE GARDE DES SCEAUX.

Notre maxime en affaire est de regarder toujours devant soi, jamais derrière.

LE PRINCIPAL MINISTRE.

Ha! *quelquefois de côté*: comment d'ailleurs changer les ordres donnés pour les Provinces?... Vous restez, M. de Lamoignon?

[*Albert fait une révérence profonde & sort.*]

SCENE II.

LE PRINCIPAL MINISTRE, LE GARDE DES SCEAUX.

LE PRINCIPAL MINISTRE.

SEpt heures ! notre écervelé doit être sur le chemin des isles Sainte-Marguerite.

LE GARDE DES SCEAUX.

Et Goëslard sur la route de Pierre-en-Scise. J'ai quelqu'inquiétude cependant : ils ont dû être enlevés à quatre heures du matin, & point d'avis.

LE PRINCIPAL MINISTRE.

Le pauvre petit Goëslard m'intéresse fort peu ; mais ce d'Eprémesnil !...

LE GARDE DES SCEAUX.

Vous n'avez pas voulu me croire : vous l'avez ménagé : si j'eusse été le maître, depuis long-temps nous en serions débarrassés.

LE PRINCIPAL MINISTRE.

J'en voulais tirer parti ; mais je me suis trop pressé : J'ai publié trop tôt nos entrevues, dans lesquelles je me laissais bonnement endoctriner : je voulais le rendre suspect ; il a vu le piége, & sa cervelle s'est embrâsée.

LE GARDE DES SCEAUX.

Au moins, puisque nous le tenons, tenons-le bien. Ne seroit-il pas possible que le soleil de Provence, donnant à-plomb sur cette tête ardente ?... Ma foi, si vous vouliez !...

LE PRINCIPAL MINISTRE.

Aider un peu le soleil ?... Non : nous n'en sommes pas là, & l'ennemi n'est pas assez dangereux. Que diable peut-il faire à deux-cents lieues d'ici, entre quatre murailles, & fur un roc en pleine mer ?

LE GARDE DES SCEAUX.

Il peut écrire.

LE PRINCIPAL MINISTRE.

A qui ? à la fentinelle ? Non.: il faut même, s'il eft poffible, donner à notre démarche un air de néceffité ; & à la détention de d'Eprémefnil, un prétexte légitime.

LE GARDE DES SCEAUX.

La chofe eft faite : j'ai mes trompetttes qui publieront, dès ce foir, qu'on ne punit pas dans la perfonne de d'Eprémefnil, le Démofthène du Parlement, l'Auteur des dernières Remontrances & de l'Arrêté ; mais un vil efpion du Gouvernement, qui n'a pas rougi de donner cinq-cents louis pour féduire les gardiens de l'Imprimerie-Royale !... acheter les premières épreuves de nos Edits !... le fecret de l'Etat !...

LE PRINCIPAL MINISTRE.

Pas mal, en vérité ! la fable trouvera toujours quelques efprits crédules, & cela fuffit. Ma foi ! plus je réfléchis, plus nos plans me paraiffent fagement concertés. Il ne s'agit que d'avifer enfemble aux moyens de l'exécution. Le premier....

LE GARDE DES SCEAUX.

Le premier moyen, Monfeigneur, eft entre nous une confédération inviolable, il faut mettre enfemble notre crédit, nos intérêts, nos cabales, nos intrigues ; ne nous féparer jamais, encore moins nous combattre.

LE PRINCIPAL MINISTRE.

C'eft mon defir, & vous le favez bien.

LE GARDE DES SCEAUX.

Vous favez auffi que chaque conjuration a fon ferment : allons, Monfeigneur, un petit ferment fur l'Evangile.

LE PRINCIPAL MINISTRE.

Vous moquez-vous? Je vous ferai donc jurer ſur la Loi Salique?... Ne plaiſantons pas. Voici ma promeſſe [*il lui tend la main*] : foi de Gentilhomme! je jure de vous être inébranlablement attaché.

LE GARDE DES SCEAUX *ſerrant la main du Premier Miniſtre.*

Je le jure de même; à la vie & à la mort.

LE PRINCIPAL MINISTRE.

Nous convenons d'eſſayer la douceur avant d'employer la violence : nous convenons que, ſi la Grand'-Chambre accepte, tout eſt dit : c'eſt donc à la Grand'Chambre qu'il faut tendre nos filets? Vous connoiſſez votre Grand'Chambre?

LE GARDE DES SCEAUX.

Comme ma famille.

LE PRINCIPAL MINISTRE.

Vous allez donc me donner des ſignalements?

LE GARDE DES SCEAUX.

Sans doute. Mais tout ceci va ſe paſſer pendant l'Aſſemblée du Clergé, & nous convenons auſſi qu'il n'eſt pas inutile de le *travailler*. Vous connoiſſez votre Clergé?

LE PRINCIPAL MINISTRE.

Comme la Cour. Soyez tranquille : je vous fournirai la liſte des Soutanes. Commençons par les Robes Rouges. Tenez, voilà l'Almanach Royal. [*Le Garde des Sceaux prend & ouvre l'Almanach Royal.*] Je ne ſais ſi vous penſez comme moi : je mets tout le Parlement dans la Grand'Chambre, & la Grand'-Chambre dans quatre perſonnes, d'Ormeſſon, Joly de Fleury, d'Ammécourt, & Robert.

LE GARDE DES SCEAUX.

Votre calcul eſt ſévère. La Grand'Chambre en a d'autres qui ont auſſi leur mérite & leur opinion : Séguier, par exemple, moins connu par ſon talent fublime, que par fa diffipation. Je vois même dans les Enquêtes, des jeunes-gens qui promettent : mais j'ai des amis parmi tous ceux que vous ne nommez pas, des amis dont je fuis sûr ; &, à la rigueur, il vous fuffit d'opérer fur les quatre que vous avez nommés.

LE PRINCIPAL MINISTRE.

A-la-bonne-heure. Eh bien ! d'Ormeffon ; quel eft cet homme-là ? je le connais peu : fes fociétés ne font pas les miennes.

LE GARDE DES SCEAUX.

Je le crois : d'Ormeffon a les mœurs rigides : c'eft un vrai Magiftrat ; il en a confervé les principes & le coftume ; affez bon jugeur au demeurant ; mais par fois railleur, gauche, inepte au fervice du Roi. Son Noifeau fuffiroit pour l'exclure : en général cet homme eft craint & eftimé.

LE PRINCIPAL MINISTRE.

Ces gens-là font difficiles à manier. Nous verrons cependant .... Et Fleury ?

LE GARDE DES SCEAUX.

Oh ! celui-là eft un Docteur, un favant en *us*, un vrai Caritidès, obfcur, entortillé.

LE PRINCIPAL MINISTRE.

D'Ammécourt & lui, cependant, font plus adroits que les autres.

LE GARDE DES SCEAUX.

Plus adroits, Monfeigneur : Le d'Ammécourt eft un drôle le plus dangereux de tous : d'Aligre, lui-même n'eft pas manchot, lorfqu'il fe place entre ces deux matois. Je le répète ? c'eft vers d'Ammécourt fur-tout qu'il faut diriger l'hameçon.

LE PRINCIPAL MINISTRE.

Laiffez-moi faire : oui, je fais qu'il eft fin : je l'ai vu quelquefois ; je me flatte même de lui avoir donné affez bonne opinion de ma perfonne. Je fais du moins ce qu'il en dit un jour en bonne maifon. Cependant d'Aligre m'a aſſuré que depuis 1774, d'Ammécourt & Fleury l'avaient traité cordialement.

LE GARDE DES SCEAUX.

C'eſt, qu'apparemment, ils y avaient leur intérêt.

LE PRINCIPAL MINISTRE.

Ce d'Ammécourt eſt garçon : il eſt immenſément riche : je ne connois qu'un moyen de le tenter, & je m'en charge. Paſſons à Robert.

LE GARDE DES SCEAUX.

Robert !... n'eſt qu'un *franc Janſéniſte.* (*)

LE PRINCIPAL MINISTRE.

Ah ! fi !

LE GARDE DES SCEAUX.

Mais ! vous le connoiſſez ; vous l'avez vu : je l'ai fait venir chez moi pour vous donner une idée de l'original.

LE PRINCIPAL MINISTRE.

Oui : M. le Conſeiller m'a paru un animal bien lourd, bien bruſque, un vrai fagot d'épines.

LE GARDE DES SCEAUX.

Et de plus, opiniâtre comme un mulet. Les Clercs l'appellent le Dieu Thermes.

LE PRINCIPAL MINISTRE.

C'eſt un Janſéniſte : il ſuffit ; je ne m'en charge pas : j'ai toujours été ſuſpect à ces fanatiques. Il faudra que vous encenſiez le Dieu Thermes, & je fais mon affaire des trois autres.

LE GARDE DES SCEAUX.

S'il ne s'agit que de les diviſer, la choſe ne ſera pas difficile ; car, ce que vous ignorez peut-

---

(*) Il eſt inutile de faire obſerver l'obligation étroite à laquelle nous ſommes aſſervis de conſerver la vérité de l'hiſtoire, juſques dans les expreſſions.

être, ces quatre perſonnages qui n'ont qu'un intérêt : & qui ne devraient avoir qu'un ſentiment....

LE PRINCIPAL MINISTRE.

Eh ! bien ?

LE GARDE DES SCEAUX *à ſon oreille, & avec un ton diſcret.*

Ils ſe déteſtent.

LE PRINCIPAL MINISTRE.

Pas poſſible : Quoi ! d'Ammécourt & Fleury qui ne ſe quittent pas, qui ſemblent agir & parler enſemble ! . . . .

LE GARDE DES SCEAUX.

Ils ſe déteſtent.

LE PRINCIPAL MINISTRE.

Mais ne vous y trompez pas : ces gaillards-là ſont très-capables de s'aimer d'amour extrême, & de s'unir comme frères lorſqu'il s'agira de nous tourmenter. N'importe, cependant: ils ſeront bien adroits, s'ils m'échappent, Vous êtes sûr au moins que leur Arrêté ne nous nuira pas ?

LE GARDE DES SCEAUX.

Bagatelle ! Une tournure viendra tout expliquer. Les tournures ne nous manquent jamais. Un ſerment fait contre une choſe encore ignorée, eſt-il à craindre ? On dira que le nouveau régime ne touche point à la Conſtitution, & l'Arrêté n'aura plus d'objet : mes amis, d'ailleurs, qui, ſans contredit, ſont les plus honnêtes, paſſeront les premiers, & les autres ne demandent qu'un exemple qui les autoriſe.

LE PRINCIPAL MINISTRE.

Inutile de parler des Abbés qui vont courir le Bénéfice à qui mieux mieux. On diſtingue cependant un petit mutin qui ſe ſingulariſe, qui fait le tribun du peuple ; qui s'en va, déconcertant les Lettres-de-cachet, juſques dans les Bureaux du Breteuil...... Un certain le Cogneux de Belabre.

LE GARDE DES SCEAUX.

Le Général Jacquot ?... Oui, cela parle; mais on le laisse parler. Ces Abbés, Monseigneur, nous ont conduits naturellement à l'Assemblée du Clergé: nous lui devons une visite.

LE PRINCIPAL MINISTRE.

Elle sera bientôt faite : Je ne chargerai pas mes portraits. L'Archevêque d'Arles est un homme assez instruit, un bon Evêque; mais point de caractère : je n'en suis pas inquiet, je l'ai noyé. L'Evêque de Blois a quelque esprit; mais sa tête est mal organisée, pleine d'une métaphysique, obscure ! je jetterai du ridicule sur ses vertus. Pour Auxerre, c'est un petit intriguant très-dangereux : mais je sais le moyen de le ramener : je paierai à sa Sœur son vin de migraine. J'ai connu Béziers en Languedoc : il est pacifique, & d'ailleurs facile à séduire : je lui promettrai quelque chose, pour lui & sa famille, il sera mon très-humble serviteur. Vous connoissez l'Archevêque de Rheims? loyal gentilhomme & d'un esprit solide; mais je le ferai passer pour un homme incapable; & quel crédit voulez-vous qu'il ait dans le Clergé? Je ne parle pas du Clermont; c'est un curé de campagne. Voilà ceux que nous pourrions craindre; les autres sont à nous. *Rhodès* m'est dévoué, & vous en savez la raison : le pauvre hère étoit perdu, & je l'ai fait placer : il n'est point ingrat; au moins faut-il que je lui rende ce témoignage. *Embrun* est écrasé de dettes, & je lui ai promis une abbaye. *Troyes* est tout à moi, & je viens de faire son neveu Coadjuteur.

A l'égard du second ordre, il est dans ma dépendance. J'ai d'ailleurs mon Grumet qui les échauffe, & qui les mène où je veux, avec des promesses que je ne tiendrai pas. Vous ne connoissez pas mon Grumet? J'en suis fâché; il étoit digne d'être initié à nos mystères. Vous le voyez : la Prêtraille peut être facilement menée, & en général je suis sûr que la besogne ira toute seule.

LE GARDE DES SCEAUX.

Peut-être quelques protestations ; quelques Remontrances

montrances ſur les Grands-Bailliages, ſur les ſuppreſſions, ſur tous les articles qui touchent à la bourſe de ces Meſſieurs.

LE PRINCIPAL MINISTRE.

J'ai mon plan là-deſſus. Le jour même du Lit-de-Juſtice, j'écris à d'Aligre pour qu'il m'envoye les trois ſujets notés; d'Ormeſſon, d'Ammécourt & Fleury. Je les harangue à ma manière; je les invite moi-même à réclamer ſur les ſuppreſſions, ſur les Grands-Bailliages, ſur tout ce qui bleſſe leur intérêt perſonnel, en leur faiſant entendre très-intelligiblement, que, s'ils veulent nous paſſer la Cour Plénière, nous ſommes diſpoſés à leur paſſer tout le reſte.

LE GARDE DES SCEAUX.

Tout le reſte!...

LE PRINCIPAL MINISTRE.

Quelle frayeur? Promettre, ce n'eſt pas donner.

LE GARDE DES SCEAUX.

Allons: Je prévois que nous ſerons entièrement libres à la fin du mois, & que la Cour Pléniere ne ſera pas au moins ce qui m'empêcheroit d'aller à la nôce de mon fils.

LE PRINCIPAL MINISTRE.

A Bâville, ſans doute?

LE GARDE DES SCEAUX.

Eh, non! à Dijon. La Péque provinciale ne veut pas venir; il faut l'aller chercher.

LE PRINCIPAL MINISTRE.

Elle eſt ſi riche!

LE GARDE DES SCEAUX.

Aſſez. Une ſœur infirme qui ne ſe mariera pas, partageant ainſi avec deux freres les millions du père Courbeton; ayant d'ailleurs ſa part des 600,000 liv.

que la Borde a eu la bonté d'ame de donner pour la terre de Cheſſy.

LE PRINCIPAL MINISTRE.

Vous êtes bon père, M. de Lamoignon, & les affaires publiques ne vous font pas oublier vos enfants ; votre fille mariée à Caumont ; votre fils à la plus riche héritière de la Magiſtrature.....

LE GARDE DES SCEAUX.

A propos de ma fille : vous ſavez, Monſeigneur, qu'il eſt aſſez d'uſage, dans des temps de proſpérité, comme celui-ci, que le Roi augmente la dot des filles de Miniſtres, d'une ſomme de 200,000 liv. Ma délicateſſe permet-elle que je rappelle moi-même l'étiquette ?

LE PRINCIPAL MINISTRE.

J'entends, j'entends : Je m'en charge, & cela eſt bien juſte. Quel bruit !

SCENE III.

LE PRINCIPAL MINISTRE, LE GARDE DES SCEAUX, PIÉPAPE, UN VALET-DE-CHAMBRE.

PIÉPAPE *dans la couliſſe, au Valet-de-Chambre.*

JE vous aſſure, Monſieur, qu'il m'eſt indiſpenſable de les voir ſur-le-champ.

LE PRINCIPAL MINISTRE.

Qu'eſt-ce ?

LE VALET-DE-CHAMBRE.

C'eſt M. Piépape, qui veut abſolument entrer.

PIÈPAPE.

Messeigneurs, je vous demande pardon.

LE GARDE DES SCEAUX.

Vous voilà tout effrayé !

PIÈPAPE.

Mais vous ignorez ce qui se passe ! M. d'Éprémesnil n'est pas arrêté !

LE GARDE DES SCEAUX.

Il n'est pas arrêté ?

PIÊPAPE.

Non : Tandis que les Gardes faisoient ouvrir sa porte, il a escaladé le mur mitoyen, & s'est jeté dans la maison voisine, à l'aide d'un Procureur au Parlement qui l'habite.

LE PRINCIPAL MINISTRE.

Nomme-t-on ce Procureur ?

PIÊPAPE.

Il s'appelle Leblanc de Varenne.

LE GARDE DES SCEAUX.

Mon ami, notez-moi ce gueux-là.

PIÊPAPE *écrivant sur ses tablettes.*

Cependant la porte s'ouvre ; la voiture part au grand trot des chevaux, les Gardes courent longtemps pour l'atteindre : c'étoit le fils de d'Éprémesnil & son Précepteur. D'Êprémesnil, d'un autre côté, se rendoit tranquillement au Palais, en robe, & escorté du Procureur.

LE PRINCIPAL MINISTRE.

Sous la conduite de son *Connétable !...*

SCÈNE IV.

LES ACTEURS PRÉCÉDENTS, L'ABBÉ MAURI, UN VALET-DE-CHAMBRE.

LE VALET-DE-CHAMBRE *annonce.*

M. l'Abbé Mauri....

LE PRINCIPAL MINISTRE.

Eh bien, grand Pontife ! Manlius est donc au Capitole ?

L'ABBÉ MAURI.

Vous le savez, Messeigneurs? Et Goëslard aussi.

LE GARDE DES SCEAUX.

Goëslard aussi ? Mais ! ces gens de la Prévôté sont donc des butors ou des frippons ? [*avec colère*] Aussi des égards, toujours des égards ! Si on leur avoit lâché un Desbrugnières !

LE PRINCIPAL MINISTRE.

Oui : Desbrugnières sait bien qu'on ne sort pas toujours par la porte.

L'ABBÉ MAURI.

Justement : c'est par la fenêtre que Goëslard est sorti ; par une fenêtre basse, qui donne sur le derrière de sa maison. Le fils de d'Éprémesnil, qui étoit venu l'avertir, a fait le même saut. Goëslard a trouvé, dans la rue voisine, le Médecin Thierry qui lui a cédé sa voiture pour les conduire au Palais.

LE GARDE DES SCEAUX.

Piépape, notez-moi le Médecin.

L'ABBÉ MAURI.

Vous pensez bien que le Palais est en rumeur ; les Clercs s'attroupent ; on bat des mains ; on crie *bravo*,

& d'Éprémesnil passe modestement des Enquêtes à la Grand'Chambre, au milieu des acclamations.

LE PRINCIPAL MINISTRE.

Vous verrez que nous allons avoir la plus plate comédie!...

LE GARDE DES SCEAUX.

C'est une révolte, Monseigneur, un crime de haute trahison! il faut que le châtiment effraie.

SCÈNE V.

LES ACTEURS PRÈCEDENTS, L'ABBÉ MORELLET, UN VALET-DE-CHAMBRE.

LE VALET-DE-CHAMBRE *annonce.*

M. l'Abbé Morellet.

LE PRINCIPAL MINISTRE.

Bon! voici tout le Conseil: eh bien! les nouvelles du camp.

L'ABBÉ MORELLET.

Vous savez l'escapade de d'Éprémesnil?

LE GARDE DES SCEAUX.

Nous ne savons que cela.

L'ABBÉ MORELLET.

Vous devinez le reste: les Chambres se sont assemblées, & l'on députe vers le Roi.

LE PRINCIPAL MINISTRE.

Nomme-t-on les Députés?

L'ABBÉ MORELLET.

Les Présidents d'Aligre & d'Ormesson; d'Ammécourt, Amelot, Barbier d'Ingreville, & Robert de S. Vincent.

LE PRINCIPAL MINISTRE.

Le Dieu Thermes ! Ceci devient férieux. M. de Lamoignon, il ne faut pas que cette députation voie le Roi.

LE GARDE DES SCEAUX.

Parbleu ! Je n'y fais qu'un moyen. Poftez-moi dans l'avenue un piquet de Gardes-Françaifes, qui enlève tout le cortège, hommes, chevaux & voitures.

LE PRINCIPAL MINISTRE.

Le moyen eft un peu vif.

LE GARDE DES SCEAUX.

Prétendent-ils donc nous faire la loi ? Point de députation qui tienne ; il faut que d'Éprémefnil foit enlevé.

LE PRINCIPAL MINISTRE.

Oui, fans doute, il le faut ; mais un bon procédé ne coûte rien ; j'aime les procédés, moi : ayons toujours l'air d'être forcés, & même, de ne pas faire tout ce qui feroit poffible. Je vais monter dans un moment chez le Roi. La députation ne le verra pas. Je dirai à Sa Majefté que *la félicité publique exige* que les Députés ne foient pas entendus : je hâterai même, s'il le faut, le départ pour la chaffe. Vous, cependant, M. de Lamoignon, vous recevrez les Députés. Vous les recevrez bien, n'eft-il pas vrai ? très-bien ?

PIÉPAPE.

Il fait chaud : nous leur offrirons de la limonade.

LE PRINCIPAL MINISTRE.

Je les verrai auffi, & j'irai avec eux jufqu'aux careffes. En les amufant ainfi, nous aurons le temps de faire faifir d'Eprémefnil, par les moyens que nous allons décider.

SCÈNE VI.

LES ACTEURS PRÉCÉDENTS, LE BARON DE BRETEUIL.

LE VALET-DE-CHAMBRE *annonce.*

M. le Baron de Breteuil.

LE PRINCIPAL MINISTRE.

Tant mieux !... M. le Baron, j'allois paſſer chez vous. Mais comment ! nos ordres ont été bien mal exécutés.

LE BARON DE BRETEUIL.

Auſſi, pourquoi ſe ſervir de gens qui ne ſont pas faits à la beſogne ?

LE GARDE DES SCEAUX.

Je veux qu'on les faſſe pourrir en priſon.

LE BARON DE BRETEUIL.

Vous le *voulez* : je le *veux* auſſi, ſi l'on me prouve qu'ils ont *voulu* mal faire.

LE PRINCIPAL MINISTRE.

Leur faute eſt peut-être involontaire ; j'aime à le croire : & d'ailleurs, il ne s'agit plus que de la réparer. Penſez-vous, M. le Baron, que l'aſyle choiſi par d'Éprémeſnil ſoit impénétrable aux ordres du Roi ?

LE BARON DE BRETEUIL.

Meſſieurs ! Meſſieurs ! c'eſt à vous à délibérer ſur ce que vous devez faire.

LE GARDE DES SCEAUX.

Voici mon avis : l'autorité du Roi ne peut être arrêtée par aucun obſtacle légitime ; & ſi vous voulez qu'elle ne ſoit pas compromiſe, il faut ici la plus éclatante rigueur. D'Éprémesnil est au Palais : je le vois déjà entouré d'une armée. Les Greffiers, les Procureurs, les Huissiers, les Clercs s'assemblent & s'arment : le Palais va devenir un arsenal. Il convient donc de développer une force telle, que le succès ne soit pas incertain. Entourez le Palais : rassemblez les Gardes-du-Corps, les Cent-Suisses, les Gardes-Suisses, les Gardes-Françaises, la Prévôté, la Connétablie, le Guet à pied, le Guet à cheval, tous les Soldats en semestre, tous les Recruteurs....

PIÉPAPE.

Et vos Hoquetons, Monseigneur?....

LE GARDE DES SCEAUX.

Ils y seront. Les portes du Palais seront fermées & barricadées. Soyez-en sûr. Faites approcher d'un côté, le canon de la Bastille; de l'autre, celui des Invalides.

L'ABBÉ MAURI.

Et des bombardes sur la rivière, Monseigneur?..

L'ABBÉ MORELLET.

Et des mines sous la Ste. Chapelle, Monseigneur?..

LE PRINCIPAL MINISTRE.

Voilà beaucoup de précautions, Messieurs; un peu trop. Je sais qu'il faut s'attendre à quelque résistance & la réprimer; mais sans éclat, sans scandale. Je voudrais que quatre compagnies seulement de Gardes-Françaises & deux Compagnies de Gardes-Suisses, fussent commandées ce soir pour entourer le Palais, dans les ténèbres, en silence, pour saisir toutes les portes, s'emparer de toutes les avenues, couper toutes communications, jusques dans l'intérieur; veiller à ce qu'aucun ne sorte de la Grand'-Chambre pour aller à la Buvette, pas même un Evêque, pas même un Maréchal de France, sans être accompagné de deux sentinelles. Vous pourriez ainsi, tout à votre aise, & décemment, saisir vos deux Révoltés jusqu'au milieu des fleurs-de-lys dont ils s'environnent.

L'ABBÉ

L'ABBÉ MORELLET.

Monseigneur, & si les portes de la Grand'Chambres sont fermées? si on refuse de les ouvrir?... si....

LE PRINCIPAL MINISTRE.

Alors on fera *tout doucement* avancer les Sapeurs du régiment, & briser les portes *sans bruit.* Ce que j'estime plus important, c'est de confier cette expédition à un homme d'une grande vertu, d'un courage éprouvé, inaccessible à la honte, sensible seulement à l'*honneur d'obéir;* à l'un de ces hommes enfin, qui, dans un besoin, & DE PAR LE ROI, perdraient leur parent le plus proche & leur meilleur ami.

LE GARDE DES SCEAUX.

Eh! n'ont-ils pas Dagoult?

LE BARON DE BRETEUIL.

Faites-vous attention, Messieurs, que vous avez affaire à une assemblée bien respectable? Les Magistrats, les Pairs du Royaume, des Maréchaux de France, des Evêques, les Chefs de la Noblesse & du Clergé méritent bien quelques égards.

LE GARDE DES SCEAUX.

Oui, Monsieur: mais... L'*autorité du Roi!*

LE PRINCIPAL MINISTRE.

Sans doute... L'*autorité du Roi!*

CHŒUR DES ESCLAVES.

L'*autorité du Roi!... L'autorité du Roi!...*

LE BARON DE BRETEUIL.

Morbleu! l'*autorité du Roi* m'est aussi respectable qu'à vous. Cette besogne, au surplus, n'est pas la mienne; ce que le Roi m'ordonnera, je le ferai.

[*Il sort.*]

LE PRINCIPAL MINISTRE, (*à l'oreille du Garde des Sceaux.*

Mon ami, suivez cet homme-là jusques chez le Roi: je vais m'y rendre.

[*Le Garde des Sceaux sort, suivi de tous les Esclaves.*]

SCÈNE VII.

LE PRINCIPAL MINISTRE, *seul.*

CE Breteuil m'eſt grandement ſuſpect : ſa brutalité, qu'on nomme franchiſe, cache un orgueil diſſimulé, une ambition perfide. Je n'ai pu le perdre encore auprès de la Reine. Auſſi, cet Abbé de *Vermont* a quelquefois des ſcrupules ſinguliers. N'avoit-il pas le projet de la faire adorer? Le beau moyen pour le réduire! Non, non; calomnions toujours le peuple dans l'eſprit de la Reine; la Reine, dans l'eſprit du peuple : c'eſt en l'irritant contre lui, c'eſt en la rendant odieuſe, que je me rends néceſſaire. Elle ſeroit trop aimée ſi on la connoiſſoit trop aimable, ſi elle ſavoit combien elle peut être aimée...

SCÈNE VIII.

LE PRINCIPAL MINISTRE, LA MARQUISE DE LOMÉNIE.

LA MARQUISE.

AH! mon Dieu! j'ai paſſé la nuit la plus cruelle!

LE PRINCIPAL MINISTRE.

Vous n'avez pas dormi, Marquiſe?

LA MARQUISE.

Je n'ai pas fermé l'œil : j'étais dans une agitation qui m'annonçait bien tout ce qui vient d'arriver.

LE PRINCIPAL MINISTRE.

Quoi donc!

LA MARQUISE.

Le bacchanal de Paris : d'Eprémeſnil barricadé dans le Palais.

LE PRINCIPAL MINISTRE.

Mais quel rapport entre les folies de cet homme, & le repos d'une jolie femme?

LA MARQUISE.

C'est qu'ils parlent de révolte, de guerre civile; & l'idée seule m'agace les nerfs, me donne des palpitations dont je ne suis pas maîtresse.

LE PRINCIPAL MINISTRE.

Sottise! *Quand on a deux cents mille soldats, cinquante bourreaux, on ne craint pas les séditions.*

LA MARQUISE.

Miséricorde, Archevêque, vous me faites trembler : est-ce vous qui parlez de soldats, de bourreaux? Vous!

LE PRINCIPAL MINISTRE.

C'est un propos du *Lamoignon.*

LA MARQUISE.

Je m'en doutais : je vous ai connu doux, sensible & tendre quelquefois : vous vous en souvenez? Non, non, vous n'êtes point cruel. Si ce n'était un peu d'inconstance & de légéreté, vous seriez un homme divin : je vous l'ai dit souvent; mais je ne veux rien reprocher : je ne suis pas boudeuse. Par exemple, vous détestez Calonne, & vous avez bien raison : eh! comment un ami, une créature de Calonne, un... Lamoignon peut-il être votre ami?

LE PRINCIPAL MINISTRE.

Mon ami!.... je l'avoue; c'est un homme abominable que ce Lamoignon. Son insensibilité ne le cede qu'à son orgueil. Le Parlement est sa patrie; c'est le tombeau de ses peres, le berceau de ses enfants; naissance, dignité, richesse, c'est de là qu'il a tout tiré. J'y vois son beau-frere, son fils, son gendre, ses cousins; & cependant pour quelques haines particulieres, pour cinq ou six membres qu'il déteste, il s'élance comme un tigre, sur tout le Corps qu'il met en pieces, sans songer qu'il déchire sa propre famille, & qu'il s'abreuve de son propre sang. Et, si l'on rappelle la conduite qu'il tint en 1771; si l'on pense qu'il fut alors le plus fier adversaire du Maupeou (dont il surpasse aujourd'hui les infamies) le plus audacieux soutien d'une querelle qu'il appelle aujourd'hui révolte; le Chef enfin, le plus intrépide de ceux qu'il traite aujourd'hui de rebelles : en vérité, c'est un vil personnage que le mépris général va bientôt disputer à la haine publique.

LA MARQUISE.

Eh bien ! c'est avec une telle espece que vous formez société?

LE PRINCIPAL MINISTRE.

Comment est-il possible, ma chere, qu'avec votre esprit, & ma confiance intime, vous n'ayez pas encore la mesure de mon caractere. Je fais servir Lamoignon à mes grands desseins. Lorsque mon génie m'aura placé à côté de Richelieu, au rang qui seul est digne de moi, c'est sa tête superbe que je veux fouler la premiere.

LA MARQUISE.

Je sais que vous avez tout l'esprit du monde; que vous êtes né pour gouverner l'univers : mais ma tendresse qui vous mettrait sur le trône, s'alarme facilement. Que voulez-vous? je m'imagine qu'une réclamation générale peut faire tout avorter, & que... vous pourriez bien être la premiere victime...

LE PRINCIPAL MINISTRE.

J'ai trois moyens pour réussir; la force, la patience, la séduction; &, dans le cas du mauvais succès, c'est Lamoignon lui-même que j'écrase sous les ruines de mon projet. J'ai bien donné l'idée de la COUR PLÉNIERE; mais j'ai remis sa destinée dans les mains de Lamoignon, en le laissant seul juge des moyens d'exécution. Seul, il étoit censé connoître les esprits auxquels nous avons affaire.

J'ignore la Grand'Chambre, moi, & la Grand'-Chambre va tout décider. Il m'en a répondu : j'ai sa correspondance, ses lettres, ses billets ; & s'il faut un jour le pousser dans l'abyme, je mettrai tout sous les yeux du Roi. Mais l'heure du lever s'approche ; nous jaserons de cela, Marquise. J'ai beaucoup à parler aujourd'hui : tromper le Roi, aigrir la Reine, haranguer les Députés du Parlement, faire....

LA MARQUISE.

Allons, allons, mon ami, ne vous échauffez pas, & venez manger vos fraises. (*Ils sortent.*)

FIN DU PREMIER ACTE.

L'Entr'acte doit durer environ quinze jours.

ACTE II.

La Scene est à la Chancellerie.

SCENE PREMIERE.

LE GARDE DES SCEAUX, *seul.*

AMBITION ! vengeance ! sentiments *nobles* & *généreux*, qui vous disputez mon cœur, êtes-vous satisfaits ? Je me suis élevé par les plus basses intrigues ; Je n'ai point rougi de me prosterner devant Calonne ; de me montrer son serviteur, son esclave : Il m'a fait Garde des Sceaux : Je rampe enfin sur les degrés du Trône. Je partage avec un homme, que je méprise, la confiance du Maître. Il est si aisé d'être fourbe & flatteur ! Mes enfants eux-mêmes jouissent déja de mon crédit. Courbeton, n'est-il pas honoré de donner sa fille à mon fils ? Et ma fille !... Aujourd'hui Comtesse, elle peut prétendre à tout. Elle est jolie, Constance! Ah! si, docile à mes leçons, elle pouvoit enflammer... Je braverois l'univers entier! Mais n'aspirons pas au faîte des grandeurs. Sois content, Lamoignon; tu ne parles pas de ta plus douce jouissance, du Parlement détruit, de tes ennemis écrasés. Traîtres! sentez-vous enfin tout le poids de ma haine? D'Aligre! Fleury, d'Amméçourt! triumvirat funeste! vous vous débattez dans la fange à mes pieds, & j'insulte à vos efforts impuissants. Sévere d'Ormesson, tu n'es plus à craindre: je te fais trembler à mon tour. Et toi, farouche de Gourgues! tu n'affecteras plus en public, sur les fleurs-de-lys, & à mes côtés, le dédain dont tu m'accablais (1).

SCENE II.

LE GARDE DES SCEAUX, Madame DE LAMOIGNON.

Mde DE LAMOIGNON.

Ah! je me sauve: elles ont juré de me faire mourir de frayeur.

LE GARDE DES SCEAUX.

Qui donc?

Mde DE LAMOIGNON.

Ma mere & vos filles... Elles sont toutes chez moi. La petite Comtesse, d'Aguesseau, Champlatreux & ma mere. Constance est, pour votre besogne, comme un petit démon; elle pirouette, danse, chante, s'admire dans toutes les glaces, &

(1) Ce qu'on lit dans quelques Auteurs du temps, peut expliquer ce passage. *On observoit*, disent-ils, *lorsque le fameux Lamoignon était encore Président du Parlement, que son rang le plaçait à la Grand'Chambre, à côté du Président de Gourgues, son beau-frere, Magistrat juste & compatissant; & que le Président de Gourgues affectait toujours de lui tourner le dos.*

jette çà & là dans le discours, quelques épigrammes bien vives, sur la conduite de ses deux beaux freres. Madame d'Aguesseau lui répond avec chaleur ; & l'on ne voit pas si Madame de Champlatreux, toujours sage, toujours réservée, approuve Madame d'Aguesseau : mais on voit bien qu'elle n'approuve pas Constance. Champlatreux a suivi en tout la conduite de ses confreres ; je n'en suis pas surprise. Baville, dit-on, l'a imité ; encore passe ; mais pour d'Aguesseau, sa conduite me scandalise. Si sa place de Conseiller d'honneur au Parlement, lui tient tant au cœur, ne pouvait-il pas adhérer secretement à toutes les protestations ? signer, sans mot dire, tous les Arrêtés ? Mais afficher la révolte ! mais un Conseiller d'Etat, dîner avec le Parlement, le jour même du Lit-de-justice ! mais prendre sa place à la Séance, sous les yeux du Roi ! Quelle folie ! je l'avois bien jugé.... Il ne sait ni feindre ni biaiser dans les choses où il attache de l'honneur..... Mais, ma mere !... oh ! c'est ma mere qui me tourmente (1) ! Elle a des idées si tristes, si noires ! elle vous voit perdu. Que n'avez-vous entendu ce qu'elle me disait !.... « Tous les esprits sont révoltés contre votre mari ; personne n'éleve la voix pour le défendre : ses amis l'ont abandonné, & ses ennemis triomphent. A la Cour même, on déteste les Ministres tyrans ; &, si déja l'on murmure tout bas, bientôt on jettera les hauts cris. Quel spectacle que ce Palais investi de soldats ! les haches levées sur les portes de la Chambre ! les Pairs de France livrés à des satellites odieux, & deux Magistrats arrachés du plus auguste Tribunal ! Cet excès n'a pas d'exemple dans notre histoire ; c'est le signal du plus affreux despotisme. L'indignation publique est à son comble ; & déjà votre mari ne peut plus en douter. Il comptait sur une partie de la Grand'Chambre ; & la Grand'Chambre entiere a refusé. Il était sûr du Châtelet ; & le Châtelet résiste. On sait comme il

(1) Madame Berryer, femme d'une grande vertu, digne à tous égards, de l'estime générale dont elle jouissait.

a traité le Lieutenant-Civil, le vertueux M. d'Alleray, ce Magiſtrat devant lequel il devoit plier les genoux ». (C'eſt ma mere qui parle.) « On le ſait, & l'on eſt révolté. Les Provinces vont faire une réſiſtance plus éclatante encore; des quatre coins du Royaume, les plaintes de la Nobleſſe, les réclamations du Clergé, les cris du Peuple ſe feront entendre. La violence pourra même conduire à la ſédition. Le Roi détrompé, éloignera de lui, deux Miniſtres coupables; & votre mari, dont on connaît le caractere intraitable, votre mari » (c'eſt toujours ma mere qui me parle); « votre mari, opprobre de ſa famille, fléau de ſa poſtérité, victime proſcrite par la colere de ſon Roi & l'exécration de ſon Pays, périra dans les accès de ſa rage & de ſon déſeſpoir. »

LE GARDE DES SCEAUX.

Avez-vous tout dit?

Mde DE LAMOIGNON.

Oui.

LE GARDE DES SCEAUX.

Et Lamoignon? Où eſt-il?

Mde DE LAMOIGNON.

Vous ſavez bien qu'il eſt à Paris, pour les emplettes (1).

LE GARDE DES SCEAUX.

Allez retrouver vos filles. Et ſur-tout ne retenez pas votre mere à ſouper : elle me gêne.

Mde DE LAMOIGNON.

Eh! quoi! vous êtes tranquille?

LE GARDE DES SCEAUX.

Qu'ai-je donc à craindre?

---

(1) De ſon mariage avec Mademoiſelle de Courbeton.

SCENE

SCENE III.

LE GARDE DES SCEAUX, Madame DE LAMOIGNON, UN VALET-DE-CHAMBRE.

LE VALET-DE-CHAMBRE *annonce.*

MONSEIGNEUR, M. le Chancelier?

Mde DE LAMOIGNON.

Le Chancelier!

LE GARDE DES SCEAUX.

Comment!

LE VALET-DE-CHAMBRE.

Oui, Monſeigneur : M. de Maupeou.

LE GARDE DES SCEAUX.

Impoſſible!

LE VALET-DE-CHAMBRE.

Il deſcend de voiture. Oh! c'eſt lui-même, j'ai cru qu'il alloit m'embraſſer.

Mde DE LAMOIGNON.

Qu'eſt-ce que cela ſignifie?

LE GARDE DES SCEAUX.

Voilà un impudent coquin!

Mde DE LAMOIGNON.

Vous lui avez écrit?

LE GARDE DES SCEAUX.

Non, parbleu! j'ai voulu ſeulement connaître ſes intentions ſur un objet qui m'intéreſſe : mais c'eſt une lettre, ce n'eſt pas lui que j'attendais. Le voici. Rentrez donc, Madame.

(*Madame de Lamoignon ſort.*)

SCENE IV.

LE CHANCELIER, LE GARDE DES SCEAUX.

LE CHANCELIER.

Eh! bon jour, cousin! cette visite vaut bien celle de Bâville : elle est sincere, au moins (1), nous voilà donc réconciliés. Bon cousin! homme charmant! Que je t'embrasse quatre fois! Je te dois une réponse & des remercîments. Tu m'as fait demander la démission de ma charge : est-ce le titre qui te plaît? Est-ce l'hôtel de la place Vendôme que tu desires? Mais avant de parler d'affaires, permets, oh! permets que je t'exprime toute la reconnoissance dont je suis pénétré.

LE GARDE DES SCEAUX.

Vous m'étonnez. Qu'ai-je donc fait pour vous?

LE CHANCELIER.

Tu m'as fait le plus grand bien qu'on pût me faire : un bien que je n'espérais plus. Tu es mon

(1) Ce passage a singulierement embarrassé les Commentateurs : ils l'expliquent cependant d'une maniere assez vraisemblable. Maupeou, alors Premier Président du Parlement, avait par ses intrigues habituelles, jeté la discorde entre les deux beaux-freres (les Présidents de Lamoignon & de Gourgues). Ces deux Magistrats se virent, s'expliquerent, & reconnurent qu'ils étaient les dupes & les victimes de la fourberie du Premier Président. Ils se rendent à l'instant chez lui & l'accablent de toutes les injures qu'il méritait. Maupeou voulait cacher, au moins au public, cette honteuse querelle. Que fait-il? Il choisit un jour que le Président de Lamoignon était à Bâville avec une nombreuse compagnie. Il y va, sans être invité, sans être attendu. Lamoignon, interdit de cette insolence, le reçoit sur le perron du château, & lui dit tout bas : *Malheureux! que viens-tu faire ici? Si je ne respectais ton rang, je te ferais donner cent coups de bâton.* Le Premier Président sourit, ne répond pas, entre, reçoit les politesses qu'on est forcé de lui faire, reste deux jours à Bâville, & s'en retourne satisfait de s'être montré publiquement l'ami de celui qu'il avait griévement offensé.

bienfaiteur, mon ange tutélaire. Lamoignon! je t'ai perſécuté. Lorſque dans ce cabinet, dans ce fauteuil même, je méditais les projets deſtructeurs du Parlement, dont j'avais juré la perte, tu étais mon plus redoutable ennemi, le ſeul peut-être avec lequel je déſeſpérais de compoſer, le ſeul qu'il me paroiſſait impoſſible de réduire. Tu as vu comment je m'expliquais ſur ton compte, dans ma correſpondance intime avec l'ami Sorrhouet. *Pour mon couſin preſque germain*, diſais-je, *je n'en viendrai pas à bout, même avec du canon. Son caractere eſt à-peu-près auſſi flexible & auſſi maniable qu'une gueuſe de fer de cinq à ſix milliers peſant.* Tu ne m'as pas trompé, rien n'a pu t'ébranler; & ton courage t'a porté contre moi aux plus grands efforts, juſqu'à.... te faire Auteur, toi, qui ne ſais pas écrire un billet, n'es-tu pas l'Auteur du plus piquant Libelle, qui, à cette époque, fut imprimé contre moi, du *Struenſée*, dont tu ne fis corriger que le ſtyle & l'orthographe? Auſſi, frippon, je ne t'ai pas ménagé. Tu te ſouviens de Thiſy (1), de ces montagnes couvertes de neige, & des paniers dans leſquels tu fis porter tes enfants encore au berceau. Cette époque devait être, entre nous, le traité d'une haine éternelle. Quel prodige en a ſi promptement effacé le ſouvenir? Comment ton ame intraitable s'eſt-elle pliée à toutes les baſſeſſes de la ſervitude? Comment le premier défenſeur de la liberté publique, eſt-il devenu le premier artiſan de la tyrannie? Quel génie propice a mis dans ton cœur la rage dont j'étais animé? Qui m'aurait dit, qu'un jour, tu adopterais mes principes, mes ſentiments, mes projets? que je recevrais de toi mon plus grand plaiſir, ma plus douce conſolation?

LE GARDE DES SCEAUX.

Le diable m'emporte, ſi je vous entends! Quelle conſolation?.. quel plaiſir?...

---

(1) Repaire le plus effrayant des montagnes du Forêt, où le grand Lamoignon fut exilé au mois de Janvier 1772.

LE CHANCELIER.

Ah! bijou! vous ne voulez pas m'entendre. J'étais sans contredit, l'homme de France le plus abhorré. Mon nom semblait le signal de toutes les malédictions. Qui voulait dire un monstre, disoit un Maupeou. Je traînais mes derniers jours dans l'ignominie, au milieu de ma famille proscrite. Eh bien! graces vous soient rendues; je ne suis plus que le second objet de l'exécration publique; je n'ai plus que la seconde place sur les tables de proscription : mon nom même s'obscurcit & s'efface à côté du vôtre, & mes descendants pourront échapper à la postérité, qui s'acharnera sur vos derniers neveux.

LE GARDE DES SCEAUX.

Ah! mon cher cousin, cette illusion vous plaît; mais elle vous trompe : mes projets sont différents des vôtres, & votre conduite ne ressemblait guere à la mienne.

LE CHANCELIER.

Mon Dieu! j'en conviens; & cette différence est une preuve de ce que je dis. Jaloux de la même gloire, nous n'avons fait, pour l'acquérir, ni les mêmes efforts, ni les mêmes progrès. Mon moyen principal fut l'intrigue; ton unique moyen est l'effronterie : aussi, c'est en rampant que je me suis glissé jusqu'au degré que j'occupe encore; tandis que d'un vol intrépide & léger, tu planes sur ma tête, pour te fixer au premier degré.

LE GARDE DES SCEAUX.

Je le vois : vous me faites l'honneur d'attribuer à ma volonté seule, ce qui n'est qu'une suite nécessaire des événements.

LE CHANCELIER.

Non : tu viens de développer un courage, une audace dont j'ai toujours été bien éloigné. Soyons de bonne foi : *Le Parlement avoit tort en 1771 ; il a raison aujourd'hui.* J'avais l'air de le punir en le perfécutant ; ma vengeance fe couvrait d'un voile légitime ; je l'accufais, avec quelque raifon, d'avoir ufurpé depuis cent cinquante ans au moins, le droit d'enregiftrement des Impôts ; c'eft-à-dire, le droit d'impofer la Nation fans fon confentement. J'appellais cette ufurpation une tyrannie cruelle : j'annonçais l'intention de rendre ce droit aux Etats-Généraux, qui, feuls, pouvaient l'exercer. C'eft ainfi, qu'oppreffeur de la Magiftrature, je me montrais libérateur de mon pays : c'eft ainfi qu'entraîné par le fentiment feule de mes haines particulieres, je ne paraiffais céder qu'au bonheur de *ma chere Patrie, dont j'étais amoureux-fou.* Aujourd'hui, c'eft tout le contraire. Tu punis le Parlement de s'être rendu juftice ; d'avoir fait le facrifice généreux de fa plus belle prérogative ; d'avoir renoncé au droit qu'il avait ufurpé, & d'avoir rendu à la Nation fon unique privilege, le dernier figne de fa liberté. Tu le détruis enfin, parce qu'il s'eft mis dans l'impuiffance d'enregiftrer les Impôts ; parce qu'il a pofé avec fermeté les nouveaux fondements de la liberté françaife. Tu donnes à une querelle particuliere une influence générale ; tu affocies l'intérêt du peuple à celui des Parlements : c'eft le coup même que tu frappes fur les Magiftrats, qui appelle tous les citoyens à leur défenfe. Je faifois mine de délivrer la France de fes tyrans : tu affectes de la priver de fes protecteurs. N'eft-ce pas là le courage intrépide dont le feul Lamoignon peut-être était capable ?

LE GARDE DES SCEAUX.

Je remarque, mon coufin, quelques erreurs dans vos louanges, & ma modeftie ne peut les diffimuler. Il n'eft pas vrai que je détruife les Parlements, & fur-tout le Parlement de Paris. Il réfide, vous le favez comme moi, dans la Grand'Chambre feule ; & je conferve la Grand'Chambre : je l'éleve même aux honneurs de la *Cour Pléniere.* En le privant des enregiftrements, je ne lui ôte rien : il s'en eft privé lui-même. Mes grands Bailliages reftreignent fa compétence ; & c'eft encore fa faute. Quelle folie d'abdiquer ces Enregiftrements ! *Indè mali labes.*

Tant qu'il a servi à pressurer le peuple ; on a respecté l'étendue de son ressort. Lorsqu'il n'a plus été bon à rien, on s'est avisé qu'il était cruel de faire plaider, pour le plus mince objet, le pauvre habitant de l'Angoumois, du Lyonnais, du Poitou, à plus de cent lieues de sa résidence. D'ailleurs, en diminuant sa compétence, je ne touche point à son ressort.

LE CHANCELIER.

Mon cher cœur, cette ruse est bonne pour les petits enfants, puisque tu places un grand Bailliage à la porte même du Palais. Certes, ce n'est pas l'éloignement des lieux qui va priver le Parlement du plus grand nombre des affaires de la capitale. Et de quoi sera-t-il occupé, si Paris lui-même ne fournit pas, dans l'année, cinquante Procès au-dessus de 20,000 liv. ? Qu'importe son ressort, s'il perd ses fonctions ? Et le rendre inutile, n'est-ce pas le détruire ! Tiens, mon ami, n'échappe pas à mes éloges. Tout augmente mon admiration pour toi. Si ton courage héroïque te permet quelques ruses, elles sont si hardies, ou si grossieres, qu'il faut être effronté pour ruser ainsi. Par exemple : me serais-je jamais avisé de falsifier les Arrêtés pour les présenter au Roi ? d'appliquer à sa Personne sacrée, les expressions un peu roides que le Parlement se permettait contre toi seul & contre le Principal ! Ne crains-tu pas, si le Roi découvre cet innocent stratagême, qu'il ne tire à l'instant d'Eprémesnil des isles Sainte-Marguerite, pour te mettre à sa place !

LE GARDE DES SCEAUX.

Point du tout. J'ai présenté l'Arrêté comme je l'ai reçu : c'est une faute de copiste.

LE CHANCELIER.

Eh oui ! je l'aurais deviné. Par exemple : à quels oisons crois-tu persuader que ta *Cour Pléniere* est un rétablissement de l'ancienne, avec tes Maréchaux de France, tes Officiers de la Chambre, tes Capitaines des Gardes, & tes Conseillers d'Etat ?

LE GARDE DES SCEAUX.

Oh ! pour la *Cour Pléniere*, entre nous ; c'eſt le chef-d'œuvre du Principal : je ne me ſuis mêlé que des détails.

LE CHANCELIER.

Juſtement : c'eſt par les détails que l'invention eſt encore plus infernale. J'en avois l'idée dans mon porte-feuille, tournée de cent différentes manieres. Eſt-ce encore le principal qui a eu l'effronterie d'annoncer, en ſupprimant les Enquêtes de tous les Parlements, & les Tribunaux d'exception, *que les ſupprimés ſeraient rembourſés dans trois mois, & que les fonds étaient prêts*? La gaſconade eſt-elle courageuſe? Annoncer cinquante ou ſoixante millions d'eſpeces entaſſées dans les coffres du Roi, n'eſt-ce pas ranger des ſentinelles de paille ſur les remparts écroulés d'une ville déſerte ?

LE GARDE DES SCEAUX.

En vérité, vous outrez les compliments. Ne vous eſt-il jamais arrivé de promettre ce qu'il vous était impoſſible de donner ? Il eut été bien plus courageux de ſupprimer, en déclarant que la finance de tous les Offices, avait été employée aux beſoins de l'Etat ; & que ce ſacrifice, la perte de ſes fonds, était pour chaque Titulaire, la contribution légitime que tout citoyen doit aux néceſſités publiques. Eh bién ! je n'ai pas eu ce courage.

LE CHANCELIER.

Tu l'auras, mon bijou ! Si dans trois mois il faut que tu rembourſes, comment paieras-tu ? en contrats, en papiers, en feuilles de chêne ? Ne pas payer ; c'eſt, je penſe, déclarer aſſez franchement qu'on ne doit rien. Vraiment, je ſuis en extaſe devant ton génie. Je n'étais auprès de toi qu'un finaſſier ; l'Abbé Terray n'était qu'un étourdi. Le drôle n'avait qu'un courage de Pandour ; il coupait une bourſe, & diſait tout haut : *La voilà*. Toi, tu les vuides avec le geste fait pour les remplir. J'admire enfin mon maître jusques dans les choses où je pouvais ne trouver que mon écolier. Par exemple : avec quelle forfanterie fais-tu publier dans la Gazette, que ta Cour Plénière a tenu le 9 Mai, sa première séance ; lorsque toute la France sait très-bien que cette séance a été plutôt son *enterrement* que son *baptême* ? Quelle audace d'imprimer dans tous les Journaux, que tels & tels Bailliages ont enregistré avec joie & reconnoissance, tandis que les protestations de ces Bailliages sont dans toutes les poches, & qu'ils décrètent les Auteurs des Journaux comme des faussaires ! J'ai bien fait quelque chose d'approchant ; mais ce qui était au-dessus de mes forces, c'est le discours que tu as mis dans la bouche du Roi à cette première séance de ta *Cour Plénière*. Oh ! ceci est un excès d'héroisme !... Le jour même de ton Lit-de-Justice ; tous les Membres de la Grand'Chambre, par un acte commun, par des actes particuliers, déclarent qu'il leur est impossible d'exécuter tes Edits, & sur-tout de prendre place dans ta *Cour plénière* ; & le lendemain, tu leur fais dire, par le Roi, qu'il compte toujours sur leur zele & sur leurs services. Quel jeu impudent & vil ! Aurais-tu caché au Roi leur refus si énergiquement exprimé ? La chose est possible. On sait l'aventure du Docteur Maloët, chez Madame Adélaïde (1) : &, quand tu songes à cette *scapinade*, tu n'es pas saisi d'un tremblement universel ! tu ne crains pas que le Roi détrompé, ne punisse avec éclat le téméraire qui se joue aussi librement de la dignité de sa Personne, & de la majesté de son Trône !

---

(1) Le jour où les Edits furent présentés au Châtelet, la Reine vint chez Mme. Adélaïde, lui annoncer, avec l'air d'une véritable satisfaction, que le Châtelet avait accepté, & que la paix publique ne serait point troublée. La Reine sortie ; le Médecin Maloët, présent à cette entrevue, & qui, par respect, avait gardé le silence, tire de sa poche l'Arrêté du Châtelet, & le présente à Madame Adélaïde. Cettte vertueuse Princesse lit & s'écrie : *Ah ! mon Dieu, comme on les trompe !*

LE

LE GARDE DES SCEAUX.

Non : j'attends la récompense de mes bonnes intentions, & je l'attends du Roi, moins encore que du Parlement lui-même. Ce que vous exaltez comme un trait de courage, n'est qu'un acte de bonté & de prudence; & ce chapitre de mon histoire est, sans contredit, le plus digne d'éloges. Au moment même de la publication des Edits, la voix de d'Eprémesnil retentissait encore aux oreilles de ses confreres; un reste d'effervescence les égarait, & je m'attendais à leurs protestations. Mais, Dieu merci, j'étais incapable d'en abuser. Les prendre au mot, c'était les perdre : j'ai fait semblant de ne rien entendre. Le Roi a parlé comme s'ils n'eussent pas protesté. Le temps s'écoule; les réflexions viennent; & je laisse au moins à mes étourdis la faculté de rentrer dans le bon chemin, tout doucement, sans bruit, & comme si jamais ils ne s'en fussent écartés.

LE CHANCELIER.

Et tu crois qu'ils reviendront?

LE GARDE DES SCEAUX.

Je suis sûr de les installer avant le mois d'Octobre, aux premieres places de la *Cour pléniere*.

LE CHANCELIER.

Ils t'ont promis?

LE GARDE DES SCEAUX.

Non : je n'en ai pas vu un seul, pas même Minieres.

LE CHANCELIER.

Eh bien! voilà cette confiance dont je suis émerveillé : voilà ce courage que je ne conçois pas, & qui me fait tomber à tes pieds. Quelques poltrons, quelques femmes te reprocheraient peut-être de n'avoir pris aucunes précautions. Moi-même, je n'ai jamais levé le pied, sans savoir où j'allais le poser. En t'envoyant à Thisy, j'étais sûr du Confeiller d'Etat, qui, fur-le-champ, allait s'affeoir à ta place. Avant d'exiler la Juftice, j'avais fabriqué le fantôme qui devait prendre fes habits, & jouer fon rôle : mais, toi, tu te moques de ces niaiferies; tu marches comme un géant, fur les montagnes & les abymes : tu vois l'impoffibilité de trouver de nouveaux mafques, & tu tranches le nœud. D'un coup de baguette, tu fufpends la Juftice dans tout le Royaume, pour la faire aller plus vîte. Toutes les fources du commerce vont tarir enfemble; cela vaut-il la peine d'y fonger?... Les grands chemins feront couverts de voleurs, & les villes pleines d'affaffins : bagatelle!... Les revenus de l'Etat feront par-tout arrêtés : qu'importe? la *Cour plénière* réparera tout.

LE GARDE DES SCEAUX.

Ma foi, j'en ai la certitude.

LE CHANCELIER.

Et tu ne veux pas que je fois dans l'enchantement? tu ne veux pas que je preffe fur mon fein, celui qui s'immortalife par de fi grandes chofes? Mais ce qui me pénetre davantage, ce qui m'arrache des larmes de tendreffe & de joie; c'eft une preuve de ta magnanimité, bien plus étonnante que toutes les autres; c'eft de voir que le Lamoignon de 1771, ne faffe point rougir le Lamoignon d'aujourd'hui. Morbleu! Coufin, il faut une ame de fer & un front d'airain pour réfifter à tous les quolibets que fait naître cette généreufe infamie.

LE GARDE DES SCEAUX.

Ils m'amufent. La lettre du Bailliage de Villefranche m'a paru plaifante, & l'Arrêté de Rouen m'a fait pitié.

LE CHANCELIER.

Cependant, on t'accufe d'enchaîner un Pamphlet bien piquant : c'eft ton hiftoire; elle eft toute imprimée. Eft-il vrai, que quinze-cents exemplaires ont été arrêtés par tes ordres, à la barriere Montmartre?

LE GARDE DES SCEAUX.

Oh ! là-dessus, je suis inflexible : les gredins n'auront pas manqué de gloser sur mon origine, sur ma Noblesse, sur mon fils qui est Chevalier de Malthe.

LE CHANCELIER.

Je suis bien aise de voir que vous sentez cela. Méchant ! &, qui donc avait fourni à l'Auteur de la Correspondance, ce Vincent Maupeou, Notaire à Paris, en 1547 ?

LE GARDE DES SCEAUX.

Ma foi, je n'en sais rien.

LE CHANCELIER.

Ah ! mon bijou ! c'est vous... Qui donc avait déterré cette vilaine histoire du Maupeou de Privas, qui assassina son beau-fils, en 1671 ?

LE GARDE DES SCEAUX.

Eh bien !

LE CHANCELIER.

C'est encore vous, mon bijou.

LE GARDE DES SCEAUX *sourit.*

Vous croyez ?

LE CHANCELIER.

Mais, sois tranquille ; je n'ai pas de rancune. Je ne leur fournirai pas les Mémoires de ce Lamoignon, grand-pere du premier Président, qui était Echevin de Bourges... Et le grand-pere de l'Echevin ? Qu'en dis-tu ? Fi donc ! il faut se taire. Le tracassier Maurepas avoit bien besoin d'amuser les loisirs de son exil à Bourges, par la recherche de tes titres de Noblesse ! Mais, à propos, comment as-tu fait pour faire monter tes enfants dans les carrosses du Roi ? nous savons tous que Chérin avoit refusé son certificat.

LE GARDE DES SCEAUX.

Le Roi l'a voulu. Et d'ailleurs, on a toujours

quelques reſſources. Pour faire mon cadet Chevalier de Malthe, vous ſavez comment ſon biſaïeul, Samuel Bernard, de-Juif qu'il était, eſt devenu Proteſtant. Une indiſcrétion me rendrait vraiment la fable de la Cour.

LE CHANCELIER.

Raſſure-toi : je me tairai, je t'en donne ma parole. Ne ſui-je pas fils d'une Lamoignon? Si, quelque jour, tu vois cette généalogie imprimée à côté de celle de Moréri, ne m'accuſe pas. Ces détails, au reſte, ſont connus de tant de monde, qu'il ſera difficile de dépiſter l'indiſcret. Fais en ſorte au moins que l'Archevêque n'en ſoit pas inſtruit.

LE GARDE DES SCEAUX.

Au contraire : ſi cette rapſodie paraiſſait, je voudrais la mettre ſur ſon compte : le nom de l'auteur ſuffirait pour diſcréditer l'hiſtoire. Vous ne connaiſſez donc pas notre Archevêque? Il eſt grand ſur les genoux de ſa vieille Marquiſe. Ridicule & léger comme un pantin, le petit homme fait le Richelieu : ſa marotte eſt d'avoir du génie. Il veut mettre des idées, des idées nouvelles à la place des anciennes opinions ; & poſſéder, ſeul, toute la raiſon des ſiecles qui l'ont précédé. Je le crains... comme je l'eſtime ; & je n'attends qu'une bonne occaſion pour lui mettre le pied ſur la gorge : elle ne peut pas tarder. Qu'il trebuche ſeulement, il eſt étouffé. Ses réformes l'ont environné d'ennemis. Ce n'eſt pas ſon corps qui le ſoutiendra : ſon corps le mépriſe & le déteſte depuis long-temps. Prêtre ſans religion !... ſans mœurs !.... athée !.... libertin !...

LE CHANCELIER.

Libertin ! Parle plus bas. Les femmes-de-chambre de ta femme ſont là qui t'écoutent. Mais, j'entends une voiture.

LE GARDE DES SCEAUX *regarde par la fenêtre.*

C'eſt lui-même. Vous ne voulez pas que je vous préſente ?

LE CHANCELIER.

Non, parbleu ! Je me ſauve. Mais qu'au moins je te faſſe la réponſe que je t'ai promiſe. Tu veux être Chancelier ; & ton ambition me plaît. Ne dis-tu pas que ta *Cour Plénière* a tenu ſa première ſéance le 9 Mai dernier ?

LE GARDE DES SCEAUX.

Sans doute.

LE CHANCELIER.

Eh bien ! mon ami, le jour même de ſa ſeconde ſéance, je te céde ma place : tu peux y compter.

Il ſort.

SCÈNE V.

LE GARDE DES SCEAUX *ſeul.*

LE traître me *perſiffle* ; mais ſes ſoixante & dix-ſept ans me conſolent.

SCENE VI.

LE GARDE DES SCEAUX, LE PRINCIPAL MINISTRE, ALBERT, L'ABBÉ MAURI, TROUPE D'ESCLAVES.

LE PRINCIPAL MINISTRE.

MACTE *animo, generoſe Doctor* ! Allons, mon ami ; nous voici dans la criſe. *Rodrigue ! as-tu du cœur* ? c'eſt le moment de le montrer, ou de le feindre. J'ai reçu les nouvelles des Provinces ; la bataille eſt engagée. Notre pauvre *Cour Plénière* eſt traitée par-tout comme une vieille catin ; elle eſt devenue le plaſtron de toute la Robinaille du royaume.

LE GARDE DES SCEAUX.

Les inſolents ! Traiter ainſi notre poupée, ſi jolie, ſi bien fardée !

LE PRINCIPAL MINISTRE.

Trève aux plaiſanteries ; les drôles ne plaiſantent pas avec nous. Tout eſt enregiſtré : encore, avons-nous bien fait de mettre les plumes au bout des bayonnettes. Mais ſommes-nous plus avancés ? Non ma foi. Ces Parlements ſont treize têtes dans un bonnet ; & malgré la précaution priſe de les frapper tous au même inſtant, pour ne leur pas donner le temps de s'entendre, toutes les Proteſtations ſemblent modelées ſur celle de Paris : il n'eſt pas un cuiſtre de buvette, qui ne ſoit un d'Eprémeſnil. C'eſt par-tout le même bavardage & la même routine. L'exemple du Châtelet a tourné la tête de tous les Bailliages ; &, à l'exception de quelques vils coquins, qui, comme votre Baſſet de Lyon, nous ont coûté aſſez cher, tous les autres ſe pavanent en Sénateurs Romains. Et, ne vous flattez pas d'en enrôler davantage. Ils ont imaginé un ſingulier ſtratagême, pour dérouter nos recruteurs. N'ont-ils pas déclaré infames & traîtres tous ceux qui prendroient notre livrée.

LE GARDE DES SCEAUX.

Oui dà ! belle fineſſe ! Oh ! je ſuis plus fin qu'eux. Je leur répondrai par un bel Arrêt du Conſeil, dans lequel : en ſupprimant leurs Arrêtés, je vais mettre nos coquins ſous la ſauve-garde du Trône & de la Nation, & les déclarer fidèles au Roi, aux Loix & à la Patrie. Que dites-vous de l'idée ? Eſt-ce là du génie ? ... *& moi auſſi, je ſuis Peintre* !

L'ABBÉ MAURI.

Je crains, Monſeigneur, que l'opinion publique ne ſe moque de votre Arrêt du Conſeil ; je ferais d'avis de parler plutôt à l'opinion publique. Je voudrais que, dans un beau difcours, revu, corrigé & augmenté par quelques Académiciens, on prouvât méthodiquement, ce qui eft facile, que les infames & les traîtres font ceux qui n'encenfent pas le Dieu Brienne & le Dieu Lamoignon.

LE PRINCIPAL MINISTRE.

Pourvu que le beau difcours ne reffemblât pas à toutes les rapfodies que nous faifons jetter dans les boutiques. Dites donc, M. de Lamoignon : où ramaffez-vous tous vos Ecrivailleurs ? c'eft la plus trifte canaille !

LE GARDE DES SCEAUX.

Très bonne pour le Peuple.

LE PRINCIPAL MINISTRE.

Ah ! je fuis votre ferviteur. Il échappe à nos Cicerons, des abfurdités qui feraient fecouer les oreilles de tous les beaudets de la Limagne. Par exemple : c'eft fe moquer, même des pauvres d'efprit, que de leur dire, dans votre avis au Peuple : *Il ne s'agit pas d'impôt ; le Roi a déclaré qu'il n'en avoit pas befoin.* Et cette lettre d'*un ancien Moufquetaire, à fon fils Confeiller* ? Quelle pauvreté ! J'ai eu pitié de notre misère fur ce chapitre, & j'ai fait recrue des plus beaux efprits du fiècle. Linguet, Mirabeau & Rivarol, ont reçu des arrhes, fans compter le bon Abbê, [*en frappant fur l'épaule de l'Abbé Mauri*], qui m'a promis quelques métaphores.

LE GARDE DES SCEAUX.

Oh ! l'Abbé eft à moi. Depuis qu'il a dit des injures à ma femme, & levé la canne fur mon fils, nous fommes inféparables.

L'ABBÉ MAURI, *en s'inclinant.*

Trop heureux, Monfeigneur !.. Et Beaumarchais?

LE PRINCIPAL MINISTRE.

Fi ! donc ! fi !... Ce drôle-là eft honni, même à la place Maubert.

LE GARDE DES SCEAUX.

Au moins, Monſeigneur, vous conviendrez que nous avons pour le débit l'avantage ſur nos adverſaires. Je veille de ſi près ſur les Imprimeries, qu'à peine a-t-on vu quelques brochures de leur part. Si je n'y euſſe pris garde, ils auroients diſcutés à fond nos opérations, démenti nos Gazettes, perſifflé nos perſonnes, donné le triſte état de mes Bailliages.

LE PRINCIPAL MINISTRE.

Cela étoit bien eſſentiel; on a un grand avantage quand on parle tout ſeul; je l'éprouve tous les jours.

LE GARDE DES SCEAUX.

Auſſi je ne m'en tiens pas aux ménaces; je fais arrêter tout ce qui m'eſt ſuſpect, Imprimeurs, Libraires & autres. Ce qui m'embaraſſe eſt ſeulement où bientôt nous logerons tous ceux que chaque jour nous faiſons emprisſonner.

LE PRINCIPAL MINISTRE.

Je prendrai quelques Abbayes dont par occaſion je diſpoſerai des revenus.

LE GARDE DES SCEAUX.

Mais revenons à mon Arrêt du Conſeil; c'eſt mon ouvrage, & je vous le livre d'avance, comme un chef-d'œuvre de raiſon, d'éloquence & de ſtyle. (*)

LE PRINCIPAL MINISTRE.

A la bonne heure : mais votre Arrêt du Conſeil ne répondra pas a tout. La Nobleſſe s'eſt aſſemblée en Bretagne, en Dauphiné, en Provence, en Franche-Comté, en Béarn. Par-tout les eſprits fermentent & les têtes s'échauffent : à Rennes, deux mille gentilshommes réunis, ménacent les armes à la main, nos amis ou nos eſclaves; à Grenoble les

(*) C'eſt l'Arrêt du Conſeil du 20 Juin 1788, dans lequel, avec les idées les plus baſſes, & les raiſons les plus plates, on trouve quelques fautes groſſières de ſyntaxe, & tous les *comme ſi.*

Municipalités

Municipalités se sont formées en Etats. Déjà dans bien des endroits du Dauphiné, le peuple ne veut plus payer les Impôts. Les Montagnards ont quitté leurs retraites pour venir dévaster l'hôtel du Commandant, & mettre la hache sur sa tête ; les femmes mêmes environnent & veillent sur tous les membres du Parlement ; à Dijon, les invalides qui gardent l'Intendance ont été bernés, & notre cher Amelot obligé de se cacher ; en Béarn, le Peuple a forcé les Magistrats de rentrer au Palais & d'exercer leurs fonctions ; à Bordeaux, le premier Président a été reçu avec des couronnes & des feux de joie ; en Provence, les choses ne vont pas encore à la sédition ; mais l'unanimité des opinions est effrayante : le Parlement, la Chambre des Comptes la Sénéchaussée, la Noblesse, le Clergé, les Avocats le commerce, jusques aux Communautés d'artisans, tous les Corps ont juré de désobéir ; &, s'il vous plaît, ce beau serment roule sur une misérable équivoque. Ces Messieurs se prétendent sujets, non pas du Roi de France, mais du Comte de Provence.

LE GARDE DES SCEAUX.

Ecoutez : ces assemblées, ces réunions, sont des attroupements défendus par nos Ordonnances. Voyez Dénisard, au mot *assemblées.* J'ai la Loi toujours présente ; & je m'en trouve bien. Je suis son chef & son défenseur ; c'est à moi de la faire exécuter ; & je sais très-bien, dans une occasion périlleuse, agir de façon que *force demeure à justice.* Je ne répondrai à ces séditieux qu'avec du canon. Faites marcher une vingtaine de régiments contre chacune de ces provinces rebelles. Parbleu ! les Ministres de Louis XIV ont bien fait la guerre à toute l'Europe : nous sommes plus puissants qu'eux ; & nous n'avons que la France à combattre.

LE PRINCIPAL MINISTRE.

Oui : mais croiriez-vous que les Officiers, les Soldats même, commencent à croire qu'ils sont Français ?

LE GARDE DES SCEAUX.

Eh bien ! faites pendre le premier qui refusera de marcher, fût-il Maréchal de France : faites décimer les autres, jusqu'à ce que nous puissions nous composer une jolie armée de Turcs, de Polonnais, d'Indiens ; & justement les Ambassadeurs de Tippo-Saïb viennent d'arriver.

LE PRINCIPAL MINISTRE.

J'adopte & j'admire votre manière de protéger la Loi : mais la force n'exclud pas l'adresse. L'intrigue, Monsieur, l'intrigue ! Vous ne l'estimez pas assez. Je projète d'envoyer aux Provençaux le paisible Caraman, l'olivier dans une main & le caducée dans l'autre. Il leur proposera, de ma part, une exception. Si je pouvais détacher ainsi de la querelle commune, toutes ces Provinces mutines, il nous serait facile (le reste du Royaume bien enchaîné) de les opprimer les unes après les autres. J'expédierai de même le Duc de Guiche aux Béarnais. Je tiens ici les Députés de Bretagne ; &, pour Paris même, j'ai déjà, ne vous déplaise, mon affaire toute arrangée.

LE GARDE DES SCEAUX.

Bon !

LE PRINCIPAL MINISTRE.

Vous connaissez Rolland ?...

LE GARDE DES SCEAUX.

Des Requêtes ?

LE PRINCIPAL MINISTRE.

Oui : eh bien ! Rolland m'a fait offrir d'être mon négociateur.

LE GARDE DES SCEAUX.

Peste, l'habile homme ! il est travailleur, sa mémoire, j'en conviens, est étonnante, mais s'il tient la navette, je vous promets une toile si bien mêlée, que le diable le plus fin ne trouvera pas le fil.

LE PRINCIPAL MINISTRE.

Vous moquez-vous? Il veut être Prévôt des Marchands, Lieutenant-Civil, Lieutenant de Police. Cet homme songe à tout : je lui ai fait dire que je songerais à lui. Tout cela ne m'inquiete qu'à demi. Voici le danger : La Noblesse de Bretagne, du Dauphiné, de Béarn, a député vers le Roi, & la vérité enfin va se faire entendre : leur répondrez-vous aussi avec du canon?

LE GARDE DES SCEAUX.

Vous parlez d'intrigue : c'est ici, Monseigneur, qu'elle sera délicieuse.

LE PRINCIPAL MINISTRE.

J'ai bien quelques moyens pour empêcher les députations d'arriver jusqu'au Roi : mais ces obstacles ne sont pas insurmontables ; & si le Roi, comme il faut le craindre, veut les voir lui-même & leur parler, nous n'aurons plus, pour les faire éconduire, que nos ressources ordinaires, l'artifice & le mensonge.

LE GARDE DES SCEAUX.

Ah! oui, le mensonge! C'est une jolie chose! j'avais jadis quelque répugnance pour le mensonge: mais vos leçons m'ont bien formé, & je commence à mentir avec assez d'impudence : n'est-il pas vrai?

LE PRINCIPAL MINISTRE.

Je voudrais quelquefois plus de finesse. Vous voyez avec quelle sagacité le Roi nous écoute & nous interroge : Quelle méfiance de tous les moyens qui s'écartent de sa bonté naturelle! Quelle sollicitude sur le bonheur de son peuple! Aussi, malgré tous les les piéges dont nous avons environné sa justice & sa sagesse, quelle résistance n'a-t-il pas faite avant d'adopter nos projets? & peut-être résisterait-il encore, sans l'adresse merveilleuse avec laquelle je l'ai persuadé enfin, que nos projets allaient fonder le repos, l'aisance & la félicité de la classe la plus pauvre & la plus intéressante de ses sujets. Ne sortons pas delà : étudiez votre leçon sur ce texte. Vous sentez comment il faut démontrer maintenant qu'on indispose le riche, alors qu'on veut soulager le pauvre, & que cette réclamation de la Noblesse de toutes les Provinces, n'est autre chose qu'une conjuration faite avec les Parlements, avec les grands Propriétaires du Royaume, pour conserver des avantages usurpés au préjudice du Tiers-Etat. En mêlant à cette thèse, quelques mots de révolte, de sédition; en parlant un peu de son autorité compromise, offensée; j'espère que le Roi lui-même repoussera les mains perverses qui voudraient déchirer le voile dont nous l'avons enveloppé.

ALBERT.

Prenez garde au moins, qu'à travers le voile, il ne reconnaisse la main de son frère, ou celle de sa tante. J'ai avis, Messeigneurs, que Monsieur, que le M. Comte d'Artois lui-même, que Madame Adélaïde gémissent de nos folies, & qu'ils se disposent à parler.

LE PRINCIPAL MINISTRE.

Je ne crains rien : en respectant toujours leurs vertueuses intentions, j'ai rendu suspect tout ce qui les entoure.

LE GARDE DES SCEAUX.

Et la Reine? C'est la Reine qu'il faut surveiller.

LE PRINCIPAL MINISTRE.

Je répondrais d'elle; je la tiendrais dans ma main, si le Breteuil était éloigné. Pardieu! mon Ami, perdons ce faquin-là, si vous ne voulez pas qu'il nous perde. Cette impudence est-elle assez forte, de refuser pour sa petite fille les deux-cents mille livres que vous avez sollicitées & reçues pour votre fille? Quelle insolence! quel orgueil dans le parallèle! Et vous ne savez pas tout : vous ne savez pas la *tartuferie* qu'il vient de jouer ces jours passés? il s'est présenté au Roi les yeux baissés & le main-

tien modeste. « SIRE, a-t-il dit, Votre Majesté
» daignera se souvenir que j'ai eu le malheur d'élever
» dans son Conseil une opinion contraire aux Edits,
» dont elle a ordonné l'exécution : cette exécution
» forcée, me place dans une situation insupportable
» vis-à-vis des Provinces pour lesquelles j'ai la signa-
» ture en commandement. Je supplie Votre Majesté
» de me délivrer de ce fardeau, en acceptant ma
» démission ».

LE GARDE DES SCEAUX.

Et le Roi ne l'a pas chassé sur-le-champ?

LE PRINCIPAL MINISTRE.

Non : je ne sais quel démon l'inspirait en ce moment. C'est même avec bonté qu'il lui a répondu : — *Je refuse votre démission ; je la refuse, par la raison même alléguée pour l'obtenir. Restez, vous contredirez au moins.* — Voilà, sans doute, une permission bien expresse de tout dire & de tout faire contre nous : en sentez-vous les conséquences ?

LE GARDE DES SCEAUX.

Comment diable ! le danger est plus pressant que vous ne le disiez. Il faut l'écraser ; & ne vous avisez pas d'être délicat sur les moyens. La besogne va mal : profitons du mauvais succès pour le perdre ; qu'il soit dénoncé par tous nos espions, dans toutes les sociétés, comme le plus grand obstacle à notre entreprise : accusons-le d'encourager sourdement les rebelles, d'échauffer leur fol espoir, & d'enhardir leur résistance : que cette délation parvienne jusqu'au Roi, par des voies indirectes, mais sûres : ayons des témoins apostés, qui attestent avoir entendu ce qu'il n'aura pas dit. s'il faut même montrer au Roi des lettres signées de lui...

L'ABBÉ MAURI, *avec empressement.*

Je m'en charge, Monseigneur.

SCÈNE VII.

LES ACTEURS PRECEDENTS, BLONDEL, *portant à la main des Expéditions & des Lettres.*

LE GARDE DES SCEAUX, *à Blondel qui entre.*

QU'eſt-ce ?

BLONDEL.

J'apporte à Monſeigneur, des lettres à ſigner & des lettres à lire.

LE GARDE DES SCEAUX.

Ne vous ai-je pas défendu d'entrer lorſque je conférais ſur les affairee d'Etat, dont vous êtes incapable.

BLONDEL.

Je demande pardon à Monſeigneur. J'ai penſé que quelques lettres étoient preſſées. Celle-ci eſt de Dijon.

LE PRINCIPAL MINISTRE.

Ha! ha! du bon homme Courbeton? il faut la lire.

LE GARDE DES SCEAUX.

Allons, puiſque vous permettez; (*à Blondel*) venez avec moi.

[*Le Garde des Sceaux ſort avec Blondel.*]

SCÈNE VIII.

LE PRINCIPAL MINISTRE, ALBERT, L'ABBÉ MAURI.

LE PRINCIPAL MINISTRE.

M. de Lamoignon eſt un homme rare, il faut l'avouer. Une fermeté que rien n'ébranle, un courage que rien n'étonne, une inſenſibilité que rien n'émeut; tout ce qu'il faut pour les grandes choſes. Le dirai-je cependant? J'ai quelquefois la folie de penſer qu'il gâte ſon ouvrage.

ALBERT.

On eſt forcé de convenir qu'il n'épargne rien pour le ſuccès. N'eſt-il pas vrai, M. l'Abbé?

L'ABBÉ MAURI.

C'eſt une juſtice qu'il faut lui rendre. Son repos, ſes amis, ſon honneur; il a tout ſacrifié.

LE PRINCIPAL MINISTRE.

Eh, mon Dieu, Meſſieurs! j'en ſuis d'accord: mais penſons tout haut: nous ſommes ſeuls, & je vous jure le ſecret. N'êtes-vous pas d'avis qu'un autre, à ſa place, auroit trouvé moins d'obſtacles?

L'ABBÉ MAURI.

Puiſque Monſeigneur nous permet la ſincérité, nous lui dirons ce dont nous ſommes convenus ſouvent, Monſieur & moi: « A juger les choſes » ſous un certain rapport, on peut croire que M. » de Lamoignon était moins propre qu'un autre » aux choſes qu'il veut exécuter ».

ALBERT.

Ceci doit être expliqué. M. de Lamoignon, quand on l'a fait Garde des Sceaux, était, dans ſon Parlement, déteſté de pluſieurs, & redouté de tous. D'après cela, on devait naturellement s'attendre que tout ce qui viendrait de lui, ſerait opiniâtrement repouſſé, & que la haine de ſa perſonne ne favoriſerait pas les œuvres de ſon génie.

L'ABBÉ MAURI.

Et depuis, cette haine ſe propage : elle a gagné les grands Seigneurs. Avec quel éclat ſcandaleux le Duc de Montmorency ne l'a-t-il pas fait excepter de tous les convives, à la noce de la petite Matignon ?

LE PRINCIPAL MINISTRE.

Oh! ceci eſt une inſolence du Breteuil. Mais ſavez-vous que ſon fils, que Lamoignon ne joint pas ſon Régiment, parce que les Officiers l'ont très-clairement engagé à reſter chez lui? Mais, ſavez-vous que M. de Malesherbes, gémiſſant ſur ſon nom déshonoré, voulait ſe retirer du Conſeil, & qu'il reſte, non pas pour protéger ſon couſin qu'il abandonne; mais parce que j'ai encore eu le bon eſprit d'empêcher ſa déſertion. Il a reçu de la bouche même du Roi, l'aſſurance flatteuſe qu'on avoit encore beſoin de lui, pour quelques mois ſeulement. Mais, voyez-vous avec quel acharnement, & quelle affectation ce Garde des Sceaux eſt perſonnellement attaqué, dans les Arrêtés, dans les Proteſtations, dans les Pamphlets, dans tous les Ecrits clandeſtins ? Sa conduite en 1771, en eſt le prétexte aſſez légitime : tandis qu'on conſerve encore pour moi des égards, & qu'on ſe contente de me montrer du doigt, je prévois de tout ceci, que la victime, s'il en faut une, eſt déjà déſignée, & que le pauvre Lamoignon entraînera dans ſa chûte tous ceux qui ſeront à côté de lui.

ALBERT.

Monſeigneur a toujours une prévoyance admirable.

L'ABBÉ MAURI.

Monſeigneur a grande raiſon : il faut être prudent.

ALBERT.

ALBERT.

Il ne faut pas se livrer sans réserve.

L'ABBÉ MAURI.

On peut se tenir avec lui, à telle distance, qu'on partage, non pas le danger, mais le spectacle de la chûte.

LE PRINCIPAL MINISTRE.

Il faudra même se garder de tendre la main pour le soutenir. Tenez, Messieurs, laissons-le aller; il va fort bien. Il suffit pour s'en débarrasser de l'abandonner à lui-même. Son caractère impétueux & violent le jettera dans des excès qui, seuls, nécessiteront sa perte. Vous êtes ses conseils & ses amis: songez seulement à ne pas ralentir sa course; & même, s'il avait envie de prendre haleine, serait-ce un si grand mal de l'aiguillonner un peu?

L'ABBÉ MAURI.

Monseigneur, nous promet-il de ne pas nous oublier?

LE PRINCIPAL MINISTRE.

En doutez-vous?

SCÈNE IX.

LES ACTEURS PRÉCÉDENTS, LE GARDE DES SCEAUX, *une lettre à la main.*

LE GARDE DES SCEAUX.

LA rage m'étouffe! Est-ce à moi, est-ce à Lamoignon qu'on ose faire une telle injure?

LE PRINCIPAL MINISTRE.

Qu'est-ce donc?

LE GARDE DES SCEAUX, *lui donnant une lettre.*

Lisez, Monseigneur, & voyez s'il est un Dieu qui puisse retenir ma vengeance.

LE PRINCIPAL MINISTRE, *après avoir lu.*

Le mariage rompu! la perte n'eſt pas grande, ſans doute : mais l'inſulte eſt bien impudente, & le procédé bien mal-honnête. Eſt-il devenu fou, ce miſérable Courbeton? Songe-t-il aux ſots propos de la Cour, de la Ville? Songe-t-il aux moyens qu'un MINISTRE DU ROI peut employer contre de pareilles avanies?

LE GARDE DES SCEAUX.

Et la lettre ne dit pas tout : elle ne dit pas que toute la ville de Dijon s'eſt portée en foule aux genoux de la petite bégueule; que toutes les Communautés, depuis l'Hôtel-de-Ville, juſqu'aux Savetiers, ont été en appareil lui offrir des couronnes & des bouquets; qu'on a jetté des fleurs ſur ſon paſſage.

LE PRINCIPAL MINISTRE.

Je conçois cela, & j'approuve votre reſſentiment.

LE GARDE DES SCEAUX.

Je penchais vers la modération; vous l'avez vu. Soyez donc modéré avec de tels impudents! Que feront-ils au Roi, s'ils traitent ainſi ſes Miniſtres? J'en ſuis fâché, Monſeigneur; mais la révolte ſe décide avec trop d'audace, & la violence ſeule peut la réprimer.

LE PRINCIPAL MINISTRE.

Je commence à le croire.

ALBERT.

La douceur n'eſt ſouvent qu'une faibleſſe dangereuſe.

L'ABBÉ MAURI.

La violence a quelques abus; mais elle eſt ſouvent néceſſaire.

LE GARDE DES SCEAUX.

Indiſpenſable, Monſieur. Allons: que la Bretagne, le Dauphiné, le Béarn, la Bourgogne, la Provence ; que toutes ces Provinces révoltées, soient à l'instant inondées de soldats. Ah !... Scélérats ! vous ne voulez pas de mon fils !.. Que leurs députés, s'ils arrivent, soient saisis & emprisonnés ! portons le fer & le feu aux quatre coins du Royaume ! que tous les fléaux ensemble ravagent cette terre funeste ! que le frère égorge son frère ! que le père s'abreuve du sang de son fils ! que les enfants soient écrasés sur le sein de leurs mères ! que la famine dévore ce qui pourra échapper au carnage ! Faisons de la France un vaste tombeau, & quand nous serons seuls : qui nous empêchera de régner ?

L'ABBÉ MAURI.

Ainsi soit-il.

FIN DU SECOND ACTE.

N. B. *La durée de l'entr'acte dépend des évènements.*

ACTE III.

La Scène est dans l'Antichambre du Roi.

SCÉNE PREMIÉRE.

LE BARON DE BRETEUIL; LE CHEVALIER DE GUER, Député de Bretagne ; LE COMTE DE VIENNOIS, Député du Dauphiné ; LE COMTE DE SABRAN, Député de Provence ; LE CHEVALIER DE MESPLESSES, Député du Béarn : MADAME D'ÉPRÉMESNIL, & ses deux FILLES.

LE CHEVALIER DE GUER.

AINSI DONC, M. le Baron, le Roi daigne écouter les gémissements de son Peuple ; & la France saura que vous avez contribué à ce bienfait.

LE BARON DE BRETEUIL.

Je ne ſuis qu'un ſoldat; j'ai exécuté les ordres de mon Roi, voilà tout: j'ai rempli ſes intentions. Je n'ai point approuvé les moyens choiſis pour réſiſter à ſes volontés. Il n'exiſte, à mon avis, qu'une loi ſupérieure à l'autorité du Roi; c'eſt le bonheur de ſon peuple: je ne connais pas les autres. Lorſqu'un Roi eſt trompé (& les plus grands Rois peuvent l'être), ſon peuple n'a pour l'éclairer, d'autre reſſource, que la prière conſtante, importune, opiniâtre même, ſi vous voulez; mais la prière ſeule. Et comment donc, Meſſieurs! En Dauphiné, en Bretagne, on s'attroupe! on arme! on menace les porteurs de ſes ordres! on inſulte ſes repréſentants! on parle hautement de révolte & d'indépendance!... Meſſieurs, Meſſieurs! les choſes ont été portées trop loin: & ce qui m'afflige davantage; c'eſt qu'on ne connaît pas le Roi au fond de vos Provinces. Avec quelle intrépidité j'ai vu ſouvent calomnier ſes intentions paternelles! Et avec quelle empreſſement, dans toutes circonſtances, il ſacrifierait tout au repos de ſes Sujets; tout, juſqu'à cette autorité arbitraire dont on le croit ſi jaloux! Non, Meſſieurs, vous ne le connaiſſez pas.

LE CHEVALIER DE GUER.

Notre conduite, Monſieur le Baron, prouve le contraire: elle prouve au moins que nous avons de ſes ſentimens juſtes & bienfaiſants, l'idée que vous venez d'en donner. C'eſt notre confiance extrême dans ſa juſtice & dans ſa bienfaiſance qui animait nos efforts à lui réſiſter; certains, qu'en apprenant à quelles mains odieuſes il s'était livré, dans quelle erreur nos deux tyrans l'avaient plongé, de quelle barrrière ils l'avaient entouré pour le rendre inacceſſible; [& vous le ſavez, Monſieur le Baron, puiſque vous étiez forcé vous-même de garder le ſilence]: certains, dis-je, qu'alors il applaudirait la réſiſtance généreuſe qui va raffermir ſon trône ſur les fondements de la loi.

LE BARON DE BRETEUIL.

J'espère, au moins, qu'il la pardonnera. Vous pouvez, Messieurs, avec cette confiance dont vous parlez, & qui ne sera pas trompée, attendre ici sa réponse.

[*Le Baron de Breteuil entre chez le Roi.*]

SCÈNE II.

Les DÉPUTÉS des différentes Provinces; Madame D'ÉPRÈMESNIL & ses deux FILLES.

LE COMTE DE SABRAN.

MALGRÉ l'air empesté de ce séjour, malgré le mensonge & la fourberie qui nous environnent; un pressentiment heureux m'annonce le plus beau jour de ma vie. Et vous, Madame, [*à Mme. d'Eprémesnil*] de quel bonheur il jouira, cet époux que vous allez rejoindre!

Madame D'ÉPRÉMESNIL.

Ah! j'ai besoin de cette consolation. Lorsqu'il me fut enlevé; cette enfant (*elle montre sa fille aînée*) était mourante: forcée de la suivre à Forges, pour la sauver, je fus privée de la seule consolation qui me restait; d'aller m'enterrer avec mon époux, ou du moins, d'habiter la ville, le hameau le plus voisin de sa prison. Les eaux & la Providence m'ont rendu ma fille; & nous venons ensemble obtenir de la sensibilité du Roi, la faveur de rassembler sur le même rocher, aux confins de la Provence, une famille dont l'union la plus tendre a toujours fait le bonheur.

LE COMTE DE SABRAN.

Quelle figure céleste! Ces deux Demoiselles, Madame, ont été trop bien partagées. Avec tant d'attraits, être encore les filles de M. d'Eprémesnil!

Madame D'ÉPRÊMESNIL.

Elles n'ont pas cet avantage. Mon premier mari, M. Thilorier eſt leur père : mais M. d'Éprémeſnil les a adoptées, elles n'ont rien perdu. (*On voit entrer la ſuite du Principal Miniſtre.*) Cette foule d'eſclaves nous annonce un Satrape.

LE CHEVALIER DE GUER.

C'eſt l'Archevêque.

SCÈNE III.

LES ACTEURS PRÉCÉDENTS, LE PRINCIPAL MINISTRE; Foule d'Eſclaves, parmi leſquels on diſtingue l'ABBÉ MORELLET.

LE PRINCIPAL MINISTRE. [*Il s'arrête devant Mme. d'Éprémeſnil.*]

IL m'eſt bien dur de vous annoncer, Madame, que la bonté du Roi ne s'accorde pas avec la néceſſité des circonſtances : la liberté de M. d'Eprémeſnil eſt encore une grace impoſſible.

Madame D'ÉPRÊMESNIL.

Je demanderais ſa liberté, Monſeigneur, s'il avait mérité ſes fers : je ne demande que la faculté d'aller le joindre ; & c'eſt au Roi que je me ſuis adreſſée.

LE PRINCIPAL MINISTRE.

Au Roi, Madame ! Et pourquoi douter ainſi de mes ſentiments ? Lorſque nous avons appris que M. d'Eprémeſnil était traité avec une rigueur contraire à nos intentions, à la bonté du Roi, autant qu'elle était déplacée ; n'a-t-il pas été mis ſur-le-champ dans un état de douceur & d'aiſance, tel que je pourrais le deſirer moi-même ?

Madame D'ÉPRÉMESNIL.

Je ſais ce que M. de Breteuil a fait à cet égard ; & il ne doute pas de ma reconnaiſſance,

LE PRINCIPAL MINISTRE.

Je n'aurai donc jamais le bonheur de voir qu'on me rende justice. Et vous, Messieurs, (c'est aux Députés des Provinces que je parle, sans doute), aurai-je le même reproche à vous faire? Depuis que vous êtes ici, on peut croire que vous n'avez pas eu besoin de moi.

LE CHEVALIER DE GUER.

La première loi qui nous fut imposée par les Provinces que nous représentons ici, est de ne voir ni le Garde des Sceaux; ni vous, Monseigneur.

LE PRINCIPAL MINISTRE.

Cette défense n'est pas civile: elle seroit contraire à toutes les règles: permettez-moi d'en douter.

LE CHEVALIER DE GUER.

N'en doutez pas: cette défense est exprimée dans nos pouvoirs; voici les miens. Ils sont signés, comme vous voyez, de huit-cents soixante-six Gentilshommes Bretons; & ce nombre ne comprend que les plus considérables. La Bretagne a de plus, deux mille cinq-cents Gentilshommes qui n'ont pas signé, & qui signeront demain, si cela peut vous plaire.

LE PRINCIPAL MINISTRE.

Je ne l'exige pas, je vous assure.

LE CHEVALIER DE GUER.

Mes pouvoirs sont illimités. Je suis autorisé, si un seul des douze Nobles qui m'accompagnent, pouvait être séduit ou intimidé, par intérêt ou par faiblesse, de le renvoyer chez lui, & d'en choisir un autre. Je suis autorisé à faire avec le Gouvernement, tel traité qui me paraîtra convenable, certain que ma décision sera confirmée par la Province.

LE PRINCIPAL MINISTRE.

Je veux bien, Monsieur, tolérer une expression dont vous n'avez pas calculé toute la valeur. Des Sujets sont-ils admis à traiter avec leur Roi? Mais à Dieu ne plaise dans ce moment, qu'une vaine dispute de mots éloigne la paix dont le retour est si facile ! Vous venez réclamer la conservation des traités, capitulations & privilèges de la Bretagne ; vous, Monsieur, de la Provence : vous, du Béarn ; & vous, du Dauphiné. Le mal est de ne pas s'entendre. Le Roi n'a jamais voulu porter atteinte aux capitulations des Provinces. Il l'a déclaré assez formellement dans son Edit de *Cour plénière* ; & s'il le faut, pour vous tranquiliser, je suis tout prêt à solliciter de Sa Majesté, une Déclaration plus expresse, & dont le sens soit au-dessus de toute maligne interprétation.

LE CHEVALIER DE GUER.

Comment, Monseigneur, vous tenez à cette petite ruse ? Lorsque, dans votre Edit de *Cour Plénière*, vous attribuez à ce fantastique Tribunal, le droit de vérifier, *provisoirement*, tous les impôts du Royaume ; avez-vous excepté les impôts de la Bretagne ? Entendez-vous les excepter ? Auriez-vous le courage de le dire ? Aurions-nous le courage de le croire, & la confiance insensée, que vous respecteriez nos privilèges, après avoir asservi le reste de la France ? Non, Monseigneur, je ne sollicite point ici une Déclaration qui excepte la Bretagne, de la loi générale : le premier vœu de ma Province est de n'arrêter aucun arrangement particulier, que l'arrangement général ne soit consommé.

LE COMTE DE VIENNOIS.

Le Dauphiné a pris la même résolution.

LE CHEVALIER DE MESPLESSES.

Le Béarn pense de même.

LE COMTE DE SABRAN.

Et c'est aussi le vœu de la Provence.

LE PRINCIPAL MINISTRE.

Comment donc, Messieurs, une confédération !

LE CHEVALIER DE GUER.

Daignez nous entendre, Monseigneur ; notre

raison

raiſon eſt ſi ſimple & ſi claire, qu'il vous ſera, je penſe, impoſſible d'y répondre. La Bretagne (& l'on peut dire la même choſe des autres Provinces qui réclament); la Bretagne eſt unie à la France comme Monarchie ; elle n'eſt point unie à la France comme tout autre Gouvernement. Vous le voyez ; il faut que le ſort de la France ſoit décidé avant de prononcer ſur le ſort de la Bretagne. Si la France eſt toujours Monarchie, les Bretons ſeront toujours Français : ſi la France ceſſe d'être Monarchie, la Bretagne ceſſe d'être à la France.

LE PRINCIPAL MINISTRE.

Voilà ce que vous appellez une raiſon ! c'eſt un ſophiſme enfanté par l'eſprit de révolte.

LE CHEVALIER DE GUER.

Ce mot n'eſt pas réfléchi, Monſeigneur. Des révoltés ne vous parleroient pas ainſi ; des révoltés opposeraient aux actes de violence & de tyrannie, que vous prodiguez avec tant d'indiſcrétion, d'autres moyens que les larmes & les ſupplications. Vous envoyez vingt mille ſoldats en Bretagne ! avez-vous le projet de la conquérir ou de la dévaſter ! Et vous ne ſavez donc pas de quels efforts nous ſerions capables, ſi nous avions recours aux vils artifices qu'on ne rougit pas d'employer contre nous ! Vous ne ſavez donc pas que le ſeul mot, *Gabelle*, prononcé dans nos villages, armeroit à l'inſtant quatre-vingt mille payſans, & que vos ſoldats ſeraient égorgés dans vingt-quatre heures !

LE PRINCIPAL MINISTRE.

Que dites-vous là, Monſieur ? Gardez-vous de répéter un tel propos !

LE CHEVALIER DE GUER.

Manifeſter ce moyen, c'eſt y renoncer. Vous n'avez donc pas obſervé que la Bretagne & la Provence ſont nos principales Provinces maritimes ; & qu'en ſéparant vous-même ces deux Provinces de la France, vous privez ce grand Empire, de ſa ſeconde force, de l'avantage unique qui réunit dans la main de ſon Roi, les deux puiſſances de la mer & de la terre ? Je ſais qu'un tel langage peut vous déplaire. Ceux qui ont arraché deux Magiſtrats du Tribunal le plus ſaint ; ceux qui ont aſſiégé les Temples de Juſtice comme des villes de guerre, peuvent exercer contre moi une violence moins ſcandaleuſe. Vous pouvez me mettre à la Baſtille ; mais vous y mettrez auſſi les douze gentilshommes qui m'accompagnent, les huit-cents ſoixante-ſix qui ont ſigné mes pouvoirs, & les deux mille cinq-cents qui ne les ont pas ſignés.

LE PRINCIPAL MINISTRE.

C'eſt donc à moi ſeul que les reproches s'adreſſent ; & ſans compter des circonſtances pénibles & des raiſons impérieuſes qu'on ne veut pas balancer, on s'obſtine à ne pas voir que les Loix, leurs Sanctuaires & leurs Miniſtres ne ſont pas ſous ma dépendance ; qu'il n'étoit pas à mon pouvoir d'empêcher un éclat qu'un autre a commandé, & qui, je l'avoue, a dû faire quelque impreſſion fâcheuſe.

LE CHEVALIER DE GUER.

Auriez-vous la prétention, Monſeigneur, de faire croire à vos ſentiments patriotiques ?

LE PRINCIPAL MINISTRE.

Pourquoi non, Monſieur ? Je ſuis le Miniſtre de la Nation, bien plus que le Miniſtre du Roi.

LE CHEVALIER DE GUER.

Vous, Monſeigneur, le Miniſtre de la Nation ! Quel langage ! Y penſez-vous ? Vous a-t-elle choiſi ? Où ſont ces pouvoirs, & qu'avez-vous fait pour elle ? Vous avez voulu la tromper & l'aſſervir. --Malheureuſe Nation ! Tu étois autrefois l'exemple & l'arbitre du monde ; aujourd'hui, quand toute l'Europe s'agite pour de grands intérêts, elle perd dans une inaction forcée, ſon influence politique. Miſe à l'écart par les autres Peuples, comme un Peuple inutile, mépriſée par ſes ennemis, inſultée par ſes alliés qu'elle a abandonnés, la France n'eſt plus occupée, graces à vous, qu'à déchirer ſes entrailles, à diſperſer, de ses propres mains, les déplorables restes de sa richesse engloutie & de sa gloire éclipsée.

LE PRINCIPAL MINISTRE.

Nous rendez-vous aussi responsables des événements qui nous ont précédés! Dans tous les cas, Monsieur, vous devez, ce me semble, trop de respect au Roi, pour refuser quelques talents à ceux qu'il a choisis pour gouverner ses Etats.

LE CHEVALIER DE GUER.

Monseigneur; vous savez ce qu'a dit un de vos bons amis: « les grandes places sont des rocs escarpés, que l'Aigle seul & le Reptile peuvent atteindre ». Êtes-vous Aigle?

LE PRINCIPAL MINISTRE.

(s'adressant aux autres Députés.)

Messieurs, Messieurs, la parole de M. de Guer est impétueuse. Il n'est guère possible de raisonner avec lui & de s'entendre. Je sais que dans son Réglement sur l'administration de la justice, & même dans la composition de la *Cour plénière*, M. le Garde des Sceaux a glissé des choses qui peuvent déplaire: je n'en suis pas fâché: on réclame, on se rapproche, on discute, les sacrifices sont réciproques, & tout s'arrange. J'entre chez le Roi. Insensible à des soupçons injurieux, je ne prétends me venger qu'en rappellant sur une Nation que j'idolâtre, des jours de calme & de bonheur.

(Il sort. Les Esclaves restent au fond du Théâtre.

SCENE IV.

LES DÉPUTÉS, Mde D'ÉPRÉMESNIL & ses deux filles.

LE CHEVALIER DE GUER.

TON artifice est inutile! Tu caresses vainement aujourd'hui cette Nation que tu as voulu perdre, & qui va te punir! Oh, mes amis! Connoissez cet homme tout entier. Comblé des bienfaits de la Reine, ouvrage de ses augustes mains, élevé par Elle à la plus haute dignité, le traître blasphême contre la Divinité qui le protége! N'a-t-il pas fait répandre, par ses vils agents, dans la Capitale & dans nos Provinces, le bruit scandaleux que cette Assemblée de la Nation, seul remede aux maux qui nous accablent, c'est lui qui la desire, qui la provoque de toutes ses forces; tandis que la Reine seule l'éloigne & la rend impossible? (*En s'adressant à la suite du principal Ministre.*) Esclaves! Ne dites-vous pas à tous ceux qui daignent vous entendre, que votre Maître n'a lui-même excité le désordre universel, que pour forcer la convocation des Etats?

LE COMTE DE VIENNOIS.

Taisez-vous : voici l'autre tyran.

LE CHEVALIER DE GUER.

Me taire, devant lui!

SCENE V.

LES ACTEURS PRÉCEDENTS, LE GARDE DES SCEAUX; Foule d'esclaves parmi lesquels on distingue ALBERT, PIÉPAPE, L'ABBÉ MAURI, DAGOULT, &c.

LE GARDE DES SCEAUX. (*Il s'arrête au milieu du théâtre, vis-à-vis Mde d'Eprémesnil.*)

QUELLE est cette femme?

DAGOULT.

Monseigneur ne connaît pas Madame d'Eprémesnil?

LE GARDE DES SCEAUX.

Comment donc! Elle a l'audace de présenter ici l'épouse d'un révolté, d'un homme que l'indulgence du Roi pouvait seule soustraire au dernier supplice?

Mde D'EPREMESNIL.

Ah! Dieux! Quel langage barbare! (*à ses filles.*) Mes enfants! soutenez votre mere expirante.

LE CHEVALIER DE GUER.

Voyez, avec quel orgueil, le cruel insulte à la faiblesse d'une femme!

LE GARDE DES SCEAUX.

Quelques murmures insolents frappent mon oreille!

LE CHEVALIER DE GUER.

C'est moi.

LE GARDE DES SCEAUX.

Et qui êtes-vous?

LE CHEVALIER DE GUER.

Je suis l'un de ceux dont la présence doit vous faire trembler. Baissez les yeux devant les Députés des Provinces que vous avez livrées à toutes les horreurs de la guerre & du désespoir.

LE GARDE DES SCEAUX.

Ha! ha! Messieurs, c'est vous! je suis bien-aise de vous voir. Vous êtes donc les Représentants de ces Sujets rebelles, dévoués à la vengeance la plus éclatante! Vous venez donc apporter vos têtes à l'échafaud, qui les attend!

LE CHEVALIER DE GUER.

Nous sommes à l'abri du Trône, & tu n'es plus à craindre, homme incapable & superbe! Dans ce moment même, le Roi jette un regard paternel sur la longue histoire de nos malheurs & de tes attentats. Frémis! la vérité l'éclaire; & bientôt tu rendras compte à ton Souverain, à ta Patrie assemblée, des larmes & du sang que tu fis répandre. Si les services de tes aïeux, si la pitié du Roi, si toute autre considération te dérobe au châtiment, au moins tu n'échapperas pas à tes remords, tu vivras seul avec le souvenir du mal que tu as fait!

LE GARDE DES SCEAUX *troublé.*

Esclaves! qu'on le saisisse, & qu'on attende l'ordre du Roi, que j'apporte à l'instant.

SCENE VI.

LES ACTEURS PRÉCÉDENS, LE PRINCIPAL MINISTRE.

LE PRINCIPAL MINISTRE.

(*Il arrête le Garde des Sceaux au moment où celui-ci alloit entrer chez le Roi.*)

N'ALLEZ pas plus loin, M. de Lamoignon, le Roi me charge de vous demander les Sceaux : il vous défend de vous présenter devant lui ; il vous ordonne de vous retirer à Bâville. (*à Dagoult.*) Capitaine Dagoult, vous avez entendu l'ordre du Roi ; c'est vous qu'il charge de le faire exécuter.

LE GARDE DES SCEAUX *tombe dans un fauteuil.*

Ah ! traître ! quelle perfidie !

DAGOULT.

Allons, Monseigneur, point de foiblesse : nous dînerons à Bâville tout comme ici.

LES DÉPUTÉS.

Ciel ! le moment de la vengeance est arrivé !

LE PRINCIPAL MINISTRE.

Mon ami ! ne faites point d'éclat ; soyez prudent ; vous savez quels conseils je vous ai toujours donnés sur la patience & la modération. Ceci n'est que le fruit d'une intrigue obscure que nous n'avons pu ni prévoir ni déconcerter. Mais tout n'est pas désespéré. Je reste, moi : laissez agir mon zele, & dans peu, oui je m'en flatte, j'en ai la certitude ; sous peu de jours, vous serez rappellé. On vouloit donner les Sceaux à d'Aligre, à de Gourgues, à Fleury : on semblait chercher votre cruel ennemi. J'ai fait suspendre. Ce premier succès nous annonce tous les autres.

LE GARDE DES SCEAUX *se releve avec fureur.*

Je ne t'écoute pas : je veux voir le Roi ; je veux révéler devant lui mes trahisons & les tiennes ; je veux qu'il sache à quel fourbe il a livré sa confiance. La Reine apprendra quelle reconnoissance a payé ses bienfaits.

SCÈNE VII.

LES ACTEURS PRÉCÉDENS, LE COMTE DE MONTMORIN *qui sort tout-à-coup de la Chambre du Roi.*

LE COMTE DE MONTMORIN (*au Garde des Sceaux.*)

DISPENSEZ-VOUS de ce soin : leurs Majestés sont inruites. C'est pour commencer son châtiment qu'il a été chargé de vous annoncer le vôtre.

LE GARDE DES SCEAUX. (*Il retombe dans son fauteuil.*)

Je suis vengé !

LES DÉPUTÉS.

Quel bonheur !

LE COMTE DE MONTMORIN.

(*A l'Archevêque.*) Il faut remettre en mes mains le porte-feuille, & partir pour Sens à l'instant même. (*à l'ombre de Desbrugneres*). Vous suivrez Monseigneur, & vous rendrez compte de l'ordre que vous venez d'entendre.

LE PRINCIPAL MINISTRE.

Mais, la Reine. . . .

LE COMTE DE MONTMORIN.

Gardez-vous de prononcer son auguste nom ; elle fait

fait par quel artifice coupable vous avez tenté de lui ravir l'amour & la vénération des Français. Rendez grace à son indulgence, & partez.

LE PRINCIPAL MINISTRE.

La Comédie est donc finie : ma foi, Messieurs, la France y perd plus que moi : cherchez qui la gouverne : je vais gouverner mon Chapitre. (*Il sort avec l'ombre de Desbrugneres.*)

LE COMTE DE MONTMORIN (*aux Députés.*)

Et vous, Messieurs, portez dans vos Provinces la consolation & la paix. Annoncez au peuple la clémence du Roi & sa justice. A sa voix, la Nation s'assemble, les loix se réveillent, la constitution s'affermit, les abus disparaissent, la richesse renaît, & l'empire le plus puissant de la terre, devient aussi le plus fortuné.

LE CHEVALIER DE GUER.

Ah! dites-lui, Monsieur, que la France entiere est à ses genoux. (*Le Comte de Montmorin rentre chez le Roi.*)

SCÈNE VIII ET DERNIERE.

LE GARDE DES SCEAUX, LES DÉPUTÉS, Madame d'ÉPRÉMESNIL & ses deux filles.

LE GARDE DES SCEAUX.

(*Il est toujours assis dans son fauteuil, & paroît se réveiller d'un long sommeil.*)

Ou suis-je? quels objets m'environnent! dans quels lieux m'a-t-on transporté! quels ténebres épouvantables ! & quel silence effrayant !... Je m'efforce en vain de rappeller mes idées : j'étais nagueres assis sur un trône d'or, & je marchais sur la foule de mes ennemis renversés. Mais un bruit affreux vient frapper mon oreille ! un bruit de verroux & de chaînes ! A la lueur des flambeaux qui m'éclairent, j'entrevois un cachot.... Des satellites !... Pour qui sont ces fers que vous apportez ?... Pour moi !... Vous en chargez mes mains ! Vous me garottez comme un vil criminel ! Vous me forcez de vous suivre !... Ah ! la lumiere m'est rendue !... Une foule curieuse s'empresse sur mes pas ; tous les yeux me lancent la foudre & les malédictions retentissent autour de moi !... Où me conduisez-vous ?... Dieux ! Je reconnais ces voûtes augustes.... Je n'irai pas... Cruels ! vous me faites marcher sur des serpens !... Mais on m'entraîne, on m'enleve !... O terre ! engloutis l'infortuné Lamoignon ! Me voici devant le tribunal redoutable que j'ai profané si long-temps. Je les vois tous ; les voilà.... Voilà d'Aligre, d'Ormesson, Bochard, de Gourgues : eh bien ! que voulez-vous de moi ? Etes-vous assemblés pour me juger ?... Grace ! grace ! Je l'implore à genoux, & je confesse mes crimes. (*Il se jette à genoux.*) L'orgueil & la haine m'ont égaré. Je vous abhorrais, & j'ai trompé le Roi, j'ai renversé les loix, j'ai perdu la Nation pour vous écraser ! Protégez-moi, vous du moins qui fûtes mes amis ! D'Outremont ! Glatigny, Pasquier... Mais vous détournez les yeux ! vous m'abandonnez !... Eh bien ! mon courage me reste. (*Il se releve.*) Lamoignon à vos pieds ! Quelle infamie ! Je saurai braver vos fureurs ; je ne mourrai pas sans avoir signalé ma vengeance ; je romprai mes fers ; je me jetterai sur vous comme un lion rugissant ; je veux briser vos têtes, & déchirer vos entrailles. *Tiens, tiens* de Gourgue, *voilà le coup que je te réservois* ; (*il retombe*) mais succombe ; toutes mes forces m'abandonnent. Un frisson mortel.... Je... Ah ! ah ! ah ! (*il ne jette plus que des cris inarticulés, sa voix s'éteint, sa gorge s'enfle, il respire à peine ; il* rône d'Henri IV & de Louis XIV, tu feras à jamais inébranlable ! Amis ! allons metre aux pieds du Roi nos hommages, nos vœux & nos fermens. (*On baiffe la toile.*)

Fin du troifieme & dernier Acte.

www.ingramcontent.com/pod-product-compliance
Ingram Content Group UK Ltd.
Pitfield, Milton Keynes, MK11 3LW, UK
UKHW022130190726
13855UKWH00003B/1095

9 782013 069250